JUAN CARLOS ONETTI

El pozo

Los adioses

punto de lectura

Av. Leandro N. Alem 720, (1001) Ciudad de Buenos Aires

ISBN: 978-987-578-063-7

Hecho el depósito que indica la ley 11.723
Impreso en la Argentina. *Printed in Argentina*
Primera edición: mayo de 2007

Diseño de colección: PDL
Diseño de cubierta: Olivia Rojo
Fotografía de cubierta: Hermenegildo Sábat

Texto al cuidado de Hortensia Campanella

Se terminó de imprimir en Kalifón S.A.,
Ramón L. Falcón 4307, Ciudad de Buenos Aires,
Argentina.

Onetti, Juan Carlos
El pozo. Los adioses - 1ª ed. - Buenos Aires : Punto de Lectura, 2007.
128 p. ; 19x12 cm.

ISBN 978-987-578-063-7

1. Narrativa Uruguaya. I. Título
CDD A863

JUAN CARLOS ONETTI

El pozo

Los adioses

El pozo

Hace un rato me estaba paseando por el cuarto y se me ocurrió de golpe que lo veía por primera vez. Hay dos catres, sillas despatarradas y sin asiento, diarios tostados de sol, viejos de meses, clavados en la ventana en el lugar de los vidrios.

Me paseaba con medio cuerpo desnudo, aburrido de estar tirado, desde mediodía, soplando el maldito calor que junta el techo y que ahora, siempre, en las tardes, derrama adentro de la pieza. Caminaba con las manos atrás, oyendo golpear las zapatillas en las baldosas, oliéndome alternativamente cada una de las axilas. Movía la cabeza de un lado a otro, aspirando, y esto me hacía crecer, yo lo sentía, una mueca de asco en la cara. La barbilla, sin afeitar, me rozaba los hombros.

Recuerdo que, antes que nada, evoqué una cosa sencilla. Una prostituta me mostraba el hombro izquierdo, enrojecido, con la piel a punto de rajarse, diciendo:

—Date cuenta si serán hijos de perra. Vienen veinte por día y ninguno se afeita.

Era una mujer chica, con unos dedos alargados en las puntas, y lo decía sin indignarse, sin levantar la voz, en el mismo tono mimoso con que saludaba al abrir la puerta. No puedo acordarme de la cara; veo nada más que el hombro irritado por las barbas que se le habían estado frotando, siempre en ese hombro, nunca en el derecho, la piel colorada y la mano de dedos finos señalándola.

Después me puse a mirar por la ventana, distraído, buscando descubrir cómo era la cara de la prostituta. Las gentes del patio me resultaron más repugnantes que nunca. Estaban, como siempre, la mujer gorda lavando en la pileta, rezongando sobre la vida y el almacenero, mientras el hombre tomaba mate agachado, con el pañuelo blanco y amarillo colgándole frente al pecho. El chico andaba en cuatro patas, con las manos y el hocico embarrados. No tenía más que una camisa remangada y, mirándole el trasero, me dio por pensar en cómo había gente, toda en realidad, capaz de sentir ternura por eso.

Seguí caminando, con pasos cortos, para que las zapatillas golpearan muchas veces en cada paseo. Debe haber sido entonces que recordé que mañana cumplo cuarenta años. Nunca me hubiera podido imaginar así los cuarenta años, solo y entre la mugre, encerrado en la pieza. Pero esto no me dejó melancólico. Nada más que una sensación de curiosidad por la vida y un poco de admiración por su habilidad para desconcertar siempre. Ni siquiera tengo tabaco.

No tengo tabaco, no tengo tabaco. Esto que escribo son mis memorias. Porque un hombre debe escribir la historia de su vida al llegar a los cuarenta años, sobre todo si le sucedieron cosas interesantes. Lo leí no sé dónde.

Encontré un lápiz y un montón de proclamas abajo de la cama de Lázaro, y ahora se me importa poco de todo, de la mugre y el calor y los infelices del patio. Es cierto que no sé escribir, pero escribo de mí mismo.

Ahora se siente menos calor y puede ser que de noche refresque. Lo difícil es encontrar el punto de partida. Estoy resuelto a no poner nada de la infancia. Como niño era un imbécil; sólo me acuerdo de mí años después, en la estancia o en el tiempo de la universidad. Podría hablar de Gregorio, del ruso que apareció muerto en el arroyo, de María Rita y el verano en Colonia. Hay miles de cosas y podría llenar libros.

Dejé de escribir para encender la luz y refrescarme los ojos, que me ardían. Debe ser el calor. Pero ahora quiero algo distinto. Algo mejor que la historia de las cosas que me sucedieron. Me gustaría escribir la historia de un alma, de ella sola, sin los sucesos en que tuvo que mezclarse, queriendo o no. O los sueños. Desde alguna pesadilla, la más lejana que recuerde, hasta las aventuras en la cabaña de troncos. Cuando estaba en la estancia, soñaba muchas noches que un caballo blanco saltaba encima de la cama. Recuerdo que me decían que la culpa la tenía José Pedro porque me hacía reír antes de acostarme, soplando la lámpara eléctrica para apagarla.

Lo curioso es que, si alguien dijera de mí que soy "un soñador", me daría fastidio. Es absurdo. He vivido como cualquiera o más. Si hoy quiero hablar de los sueños, no es porque no tenga otra cosa que contar. Es porque se me da la gana, simplemente. Y si elijo el sueño de la cabaña de troncos, no es porque tenga alguna razón especial. Hay otras aventuras más completas, más interesantes, mejor ordenadas. Pero me quedo con la cabaña porque me obligará a contar un prólogo, algo que sucedió en el mundo de los hechos reales hace unos cuantos años. También podría ser un plan el ir contando un "suceso" y un sueño. Todos quedaríamos contentos.

Aquello pasó un 31 de diciembre, cuando vivía en Capurro. No sé si tenía quince o dieciséis años; sería fácil determinarlo pensando un poco, pero no vale la pena. La edad de Ana María la sé sin vacilaciones: dieciocho años. Dieciocho años, porque murió unos meses después y sigue teniendo esa edad cuando abre por la noche la puerta de la cabaña y corre, sin hacer ruido, a tirarse en la cama de hojas.

Era un fin de año y había mucha gente en casa. Recuerdo el champán, que mi padre estrenaba un traje nuevo y que yo estaba triste o rabioso, sin saber por qué, como siempre que hacían reuniones y barullo. Después de la comida los muchachos bajaron al jardín. (Me da gracia ver que escribí bajaron y no bajamos.) Ya entonces nada tenía que ver con ninguno.

Era una noche caliente, sin luna, con un cielo negro lleno de estrellas. Pero no era el calor de esta noche en este cuarto, sino un calor que se movía entre los árboles y pasaba junto a uno como el aliento de otro que nos estuviera hablando o fuera a hacerlo.

Estaba sentado en unas bolsas de portland endurecido, solo, y a mi lado había un azadón con el mango blanco de cal. Oía los chillidos que estaban haciendo con unas cornetas compradas a propósito y que llegaron junto con el champán, para despedir el año. En casa tocaban música. Estuve mucho tiempo así, sin moverme, hasta que oí el ruido de pasos y vi a la muchacha que venía caminando por el sendero de arena.

Puede parecer mentira: pero recuerdo perfectamente que desde el momento en que reconocí a Ana María —por la manera de llevar un brazo separado del cuerpo y la inclinación de la cabeza— supe todo lo que iba a pasar esa noche. Todo menos el final, aunque esperaba una cosa con el mismo sentido.

Me levanté y fui caminando para alcanzarla, con el plan totalmente preparado, sabiéndolo, como si se tratara de alguna cosa que ya nos había sucedido y que era inevitable repetir. Retrocedió un poco cuando la tomé del brazo; siempre me tuvo antipatía o miedo.

—Hola.

—Hola.

Yo le hablaba de Arsenio, bromeando. Ella estaba cada vez más fría, apurando el paso, buscando las calles entre los árboles. Cambié enseguida de táctica y me puse a elogiar a Arsenio con una voz seria y amistosa. Desconfió un momento, nada más. Empezó a reírse a cada palabra, tirando la cabeza para atrás. A ratos se olvidaba y me iba golpeando con el hombro al caminar, dos o tres veces seguidas. No sé a qué olía el perfume que se había puesto. Le dije la mentira sin mirarla, seguro de que iba a creerla. Le dije que Arsenio estaba en la casita del jardinero, en la pieza del frente, fumando en la ventana, solo. (Por qué no hubo nunca ningún sueño de algún muchacho fumando solo de noche, así, en una ventana, entre los árboles.) Nos combinamos para entrar por la puerta del fondo y sorprenderlo. Ella iba adelante, un poco agachada para que no pudieran verla, con mil precauciones para no hacer ruido al pisar las hojas. Podía mirarle los brazos desnudos y la nuca. Debe haber alguna obsesión ya bien estudiada que tenga como objeto la nuca de las muchachas, las nucas un poco hundidas, infantiles, con el vello que nunca se logra peinar. Pero entonces yo no la miraba con deseo. Le tenía lástima, compadeciéndola por ser tan estúpida, por haber creído en mi mentira, por avanzar así, ridícula, doblada, sujetando la risa que le llenaba la boca por la sorpresa que íbamos a darle a Arsenio.

Abrí la puerta, despacio. Ella entró la cabeza; y el cuerpo, solo, tomó por un momento algo de la bondad y la inocencia de un animal. Se volvió para preguntarme, mirándome. Me incliné, casi le tocaba la oreja:

—¿No te dije que en el frente? En la otra pieza.

Ahora estaba seria y vacilaba, con una mano apoyada en el marco, como para tomar impulso y disparar. Si lo hubiera hecho, yo tendría que quererla toda la vida. Pero entró; yo sabía que iba a entrar y todo lo demás. Cerré la puerta. Había una luz de farol filtrada por la ventana que sacaba de la sombra la mesa cuadrada, con un hule blanco, la escopeta colgada en la pared, la cortina de cretona que separaba los cuartos.

Ella me tocó la mano y la dejó enseguida. Caminó en puntas de pie hasta la cortina y la apartó de un manotazo. Yo creo que comprendió todo de golpe, sin proceso, de la misma manera que yo lo había concebido.

Dio media vuelta y vino corriendo, desesperada, hasta la puerta.

Ana María era grande. Es larga y ancha todavía cuando se extiende en la cabaña y la cama de hojas se hunde con su peso. Pero en aquel tiempo yo nadaba todas las mañanas en la playa; y la odiaba. Tuvo, además, la mala suerte de que el primer golpe me diera en la nariz. La agarré del cuello y la tumbé. Encima suyo, fui haciendo girar las piernas, cubriéndola, hasta que no pudo moverse. Solamente el pecho, los grandes senos, se le movían desesperados de rabia y de cansancio. Los tomé, uno en cada mano, retorciéndolos. Pudo zafar un brazo y me clavó las uñas en la cara. Busqué entonces la caricia más humillante, la más odiosa. Tuvo un salto y se quedó quieta enseguida, llorando, con el cuerpo flojo. Yo adivinaba que estaba llorando sin hacer gestos. No tuve nunca, en ningún momento, la intención de violarla; no tenía ningún deseo por ella. Me levanté, abrí la puerta y salí afuera. Me recosté en la pared para esperarla. Venía la música de la casa y me puse a silbarla, acompañándola.

Salió despacio. Ya no lloraba y tenía la cabeza levantada, con un gesto que no le había notado antes. Caminó unos pasos, mirando el suelo como si buscara algo. Después vino hasta casi rozarme. Movía los ojos de arriba hacia abajo, llenándome la cara de miradas, desde la frente hasta la boca. Yo esperaba el golpe, el insulto, lo que fuera, apoyado siempre en la pared, con las manos en los bolsillos. No silbaba, pero iba siguiendo mentalmente la música. Se acercó más y me escupió, volvió a mirarme y se fue corriendo.

Me quedé inmóvil y la saliva empezó a correrme, enfriándose, por la nariz y la mejilla. Luego se bifurcó, cayendo a los lados de la boca. Caminé hasta el portón de hierro y salí a la carretera. Caminé horas, hasta la madrugada, cuando el cielo empezaba a clarear. Tenía la cara seca.

En el mundo de los hechos reales, yo no volví a ver a Ana María hasta seis meses después. Estaba de espaldas, con los ojos cerrados, muerta, con una luz que hacía vacilar los pasos y que le movía apenas la sombra de la nariz. Pero ya no tengo necesidad de tenderle trampas estúpidas. Es ella la que viene por la noche, sin que yo la llame, sin que sepa de dónde sale. Afuera cae la nieve y la tormenta corre ruidosa entre los árboles. Ella abre la puerta de la cabaña y entra corriendo. Desnuda, se extiende sobre la arpillera de la cama de hojas.

Pero la aventura merece, por lo menos, el mismo cuidado que el suceso de aquel fin del año. Tiene siempre un prólogo, casi nunca el mismo. Es en Alaska, cerca del bosque de pinos donde trabajo. O en Klondike, en una mina de oro. O en Suiza, a miles de metros de altura, en un chalet donde me he escondido para poder terminar en paz mi obra maestra. (Era en un sitio semejante donde estaba Ivan Bunin, muy pobre, cuando a fines de un año le anunciaron que le habían dado el Premio Nobel.) Pero, en todo caso, es un lugar con nieve. Otra advertencia: no sé si cabaña y choza son sinónimos; no tengo diccionario y mucho menos a quien preguntar. Como quiero evitar un estilo pobre, voy a emplear las dos palabras, alternándolas.

En Alaska, estuve aquella noche, hasta las diez, en la taberna del Doble Trébol. Hemos pasado la noche jugando a las cartas, fumando y bebiendo. Somos los cuatro de siempre: Wright, el patrón; el sheriff Maley, y Raymond el Rojo, siempre impasible y chupando una larga pipa. Nos reímos por las trampas de Maley, que es capaz de jugar un póker de ases contra un full al as. Pero nunca nos enojamos; se juega por monedas y sólo buscamos pasar una noche amable y juntos. A las diez, puntualmente, me levanto, pago mi gasto y comienzo a vestirme. Hay que ponerse nuevamente la chaqueta de pieles, el gorro, los guantes, recoger el revólver. Tomo un último trago para defenderme del frío de afuera, saludo y me vuelvo a casa en el trineo. Algunas veces intentan asaltarme o descubro ladrones en el aserradero. Pero por lo general este viaje no tiene interés y hasta he llegado a suprimirlo, conservando apenas un breve momento en que levanto la cara hacia el cielo, la boca apretada y los ojos entrecerrados, pensando en que muy pronto tendremos una tormenta de nieve y puede sorprenderme en camino. Diez años en Alaska me dan derecho a no equivocarme. Azuzo los perros y sigo.

Después estoy en la cabaña. Cierro la puerta —sin trancarla, claro— y me acuclillo frente a la chimenea para encenderla. Lo hago enseguida; en la aventura de las diez mil cabezas de ganado, un indio me enseñó un sistema para hacer fuego rápidamente, aun al aire libre. Miro el movimiento del fuego y acerco el pecho al calor, las manos y las orejas. Por un momento quedo inmóvil, casi hipnotizado, sin ver, mientras el fuego ondea delante de mis ojos, sube, desaparece, vuelve a alzarse bailando, iluminando mi cara inclinada, moldeándola con su luz roja hasta que puedo sentir la forma de mis pómulos, la frente, la nariz, casi tan claramente como si me viera en un espejo, pero de una manera más profunda. Es entonces que la puerta se abre y el fuego se aplasta como un arbusto, retrocediendo temeroso ante el viento que llena la cabaña. Ana María entra corriendo. Sin volverme, sé que es ella y que está desnuda. Cuando la puerta vuelve a cerrarse, sin ruido, Ana María está ya tendida en la cama de hojas, esperando.

Despacio, con el mismo andar cauteloso con el que me acerco a mirar los pájaros en la selva, cuando se bañan en el río, camino hasta la cama. Desde arriba, sin gestos y sin hablarle, miro sus mejillas que empiezan a llenarse de sangre, las mil gotitas que le brillan en el cuerpo y se mueven con las llamas de la chimenea, los senos que parecen oscilar, como si una luz de cirio vacilara, conmovida por pasos silenciosos. La cara de la muchacha tiene entonces una mirada abierta, franca, y me sonríe abriendo apenas los labios.

Nunca nos hablamos. Lentamente, sin dejar de mirarla, me siento en el borde de la cama y clavo los ojos en el triángulo negro donde aún brilla la tormenta. Es entonces, exactamente, que empieza la aventura. Ésta es la aventura de la cabaña de troncos.

Miro el vientre de Ana María, apenas redondeado; el corazón empieza a saltarme enloquecido y muerdo con toda mi fuerza el caño de la pipa. Porque suavemente los gruesos muslos se ponen a temblar, a estremecerse, como dos brazos de agua que rozara el viento, a separarse, después, apenas, suavemente. Debe estar afuera retorciéndose la tormenta negra, girando entre los árboles lustrosos. Yo siento el calor de la chimenea en la espalda, manteniendo fijos los ojos en la raya que separa los muslos, sinuosa, que se va ensanchando como la abertura de una puerta que el viento de la selva empujara, alguna noche en la primavera. A veces, siempre inmóvil, sin un gesto, creo ver la pequeña ranura del sexo, la débil y confusa sonrisa. Pero el fuego baila y mueve las sombras, engañoso. Ella continúa con las manos debajo de la cabeza, la cara grave, moviéndose solamente en el balanceo perezoso de las piernas.

Bajé a comer. Las mismas caras de siempre, calor en las calles cubiertas de banderas y un poco de sal de más en la comida. Conseguí que Lorenzo me fiara un paquete de tabaco. Según la radio del restaurante, Italia movilizó medio millón de hombres hacia la frontera con Yugoslavia; parece que habrá guerra. Recién ahora me acuerdo de la existencia de Lázaro y me parece raro que no haya vuelto todavía. Estará preso por borracho o alguna máquina le habrá llevado la cabeza en la fábrica. También es posible que tenga alguna de sus famosas reuniones de célula. Pobre hombre. Releo lo que acabo de escribir, sin prestar mucha atención, porque tengo miedo de romperlo todo. Hace horas que escribo y estoy contento porque no me canso ni me aburro. No sé si esto es interesante, tampoco me importa.

Allí acaba la aventura de la cabaña de troncos. Quiero decir que es eso, nada más que eso. Lo que yo siento cuando miro a la mujer desnuda en el camastro no puede decirse, yo no puedo, no conozco las palabras. Esto, lo que siento, es la verdadera aventura. Parece idiota, entonces, contar lo que menos interés tiene. Pero hay belleza, estoy seguro, en una muchacha que vuelve inesperadamente, desnuda, una noche de tormenta, a guarecerse en la casa de leños que uno mismo se ha construido, tantos años después, casi en el fin del mundo.

Sólo dos veces hablé de las aventuras con alguien. Lo estuve contando sencillamente, con ingenuidad, lleno de entusiasmo, como contaría un sueño extraordinario si fuera un niño. El resultado de las dos confidencias me llenó de asco. No hay nadie que tenga el alma limpia, nadie ante quien sea posible desnudarse sin vergüenza. Y ahora que todo esto está aquí, escrito, la aventura de la cabaña de troncos, y que tantas personas como se quiera podrían leerlo...

Cordes, primero, y después aquella mujer del Internacional. Claro que no puedo tenerles rencor y si hubo humillación fue tan poca y olvidada tan pronto que no tiene importancia. Sin proponérmelo, acudí a las únicas dos clases de gente que podría comprender. Cordes es un poeta; la mujer, Ester, una prostituta. Y sin embargo...

Hay dos cosas que quiero aclarar, de una vez por todas. Desgraciadamente, es necesario. Primero, que si bien la aventura de la cabaña de troncos es erótica, acaso demasiado, es entre mil, nada más. Ni sombra de mujer en las otras. Ni en "El regreso de Napoleón", ni en "La bahía de Arrak", ni en "La noche del martillo", ni en "Las acciones de John Morhouse". Podría llenar un libro con títulos. Tampoco podría decirse que tengo preferencia por ninguna entre ellas. Viene la que quiere, sin violencias, naciendo de nuevo en cada visita. Y después, que no se limita a eso mi vida, que no me paso el día imaginando cosas. Vivo. Ayer mismo volví con Hanka a los reservados del Forte Makallé. Me acuerdo que sentí una tristeza cómica por mi falta de "espíritu popular". No poder divertirme con las leyendas de los carteles, saber que había allí una forma de la alegría, y saberlo, nada más.

Estábamos solos, ni siquiera vecinos para escuchar como la otra tarde, con aquella voz de mujer que decía:

—Y bueno, porque soy una arrastrada es que no me gusta ver rodar a otras. No te estés alabando, como si los que tuvieran los pieses más grandes fueran los que mejor jugaran al fútbol. Yo sé lo que te digo. Mirá que un hombre que quiere no mata, le hagan lo que le hagan.

No podíamos verle la cara. Aquello era un lío entre prostitutas y macrós, donde había que resolver si la mujer que deja a Juan para irse con Pedro tiene o no derecho a llevarse las ropas que le regaló Juan. Y si Pedro puede aceptarla con las ropas. La mujer me dio una impresión poco vulgar de inteligencia. Todos se guían por razones de conveniencia; pero esta gente discutía un punto de honor, honor de clan: si era o no "de macho" aceptar a una mujer con ropas que otro le había comprado. Eran dos parejas y una salió dos o tres veces para que los que quedaban pudieran discutir con libertad.

Mientras entraban las palabras de los vecinos entre las cañas de los reservados, era necesario acariciar a Hanka, recordando lo que hago cuando tengo deseo. Y esta tarde sucedió lo mismo. Lo absurdo no es estar aburriéndome con ella, sino haberla desvirginizado, hace treinta días apenas. Todo es cuestión de espíritu, como el pecado. Una mujer quedará cerrada eternamente para uno, a pesar de todo, si uno no la poseyó con espíritu de forzador.

Entraba mucho frío en el reservado con cerco de cañas y enredaderas. Me acuerdo de que las voces que llegaban traían una sensación de soledad, de pampa despoblada. Había un caño embutido en la pared de ladrillos, bastante estropeada. La botella de cerveza estaba vacía, la mesa y las sillas, de hierro, sucias de polvo y llenas de manchas. ¿Por qué me fijaba en todo aquello, yo, a quien nada le importa la miseria, ni la comodidad, ni la belleza de las cosas?

Claro que terminamos hablando de literatura. Hanka dijo cosas con sentido sobre la novela y la musicalización de la novela. Qué fuerza de realidad tienen los pensamientos de la gente que piensa poco y, sobre todo, que no divaga. A veces dicen "buenos días", pero de qué manera tan inteligente. También hablamos de la vida.

Hanka tiene trescientos pesos por mes o algo parecido. Le tengo mucha lástima. Yo estaba tranquilo y le dije que todo me importaba un corno, que tenía una indiferencia apacible por todo. Ella dijo que Huxley era un cerebro que vivía separado del cuerpo, como el corazón de pollo que cuidan Lindbergh y el doctor Alex Carrell; después me preguntó:

—Pero ¿por qué no acepta que nunca ya volverá a enamorarse?

Era cierto; yo no quiero aceptarlo porque me parece que perdería el entusiasmo por todo, que la esperanza vaga de enamorarme me da un poco de confianza en la vida. Ya no tengo otra cosa que esperar. Hanka tiene veinte años; al final le vino una crisis de ternura y me obligó a aceptarle el hombro como almohada. Se imaginaría que soportaba, además de mi cabeza, algo así como una desesperanza infinita o vaya a saber qué. Después, en la rambla, le dije que nuestra relación era una cosa ridícula y que era mejor no vernos más. Entonces me contestó que tenía razón, pensándolo bien, y que iba a buscarse un hombre que sea como un animal. No quise decirle nada, pero la verdad es que no hay gente así, sana como un animal. Hay solamente hombres y mujeres que son unos animales.

Hanka me aburre; cuando pienso en las mujeres... Aparte de la carne, que nunca es posible hacer de uno por completo, ¿qué cosa de común tienen con nosotros? Sólo podría ser amigo de Electra. Siempre me acuerdo de una noche en que estaba borracho y me puse a charlar con ella mirando una fotografía. Tiene la cara como la inteligencia, un poco desdeñosa, fría, oculta y sin embargo libre de complicaciones. A veces me parece que es un ser perfecto y me intimida; sólo las cosas sentimentales mías viven cuando estoy al lado de ella. Es todo un poco nebuloso, tristón, como si estuviera contento, bien arropado y con algo de ganas de llorar.

¿Por qué hablaba de comprensión, unas líneas antes? Ninguna de esas bestias sucias puede comprender nada. Es como una obra de arte. Hay solamente un plano donde puede ser entendida. Lo malo es que el ensueño no trasciende, no se ha inventado la forma de expresarlo, el surrealismo es retórica. Sólo uno mismo, en la zona de ensueño de su alma, algunas veces. ¿Qué significa que Ester no haya comprendido, que Cordes haya desconfiado? Lo de Ester, lo que me sucedió con ella, interesa porque, en cuanto yo hablé del ensueño, de la aventura (creo que era la misma, esta de la cabaña de troncos), todo lo que estaba sucediendo y lo que había pasado antes, y hasta mi relación con ella desde meses atrás, quedó alterado, lleno, envuelto por una niebla bastante espesa, como la que está rodeando, impenetrable, al recuerdo de las cosas soñadas.

No sé si hace más o menos de un año. Fue en los días en que terminaba el juicio, creo que estaban por dictar sentencia. Todavía estaba empleado en el diario y me iba por las noches al Internacional, en Juan Carlos Gómez, cerca del puerto. Es un bodegón oscuro, desagradable, con marineros y mujeres. Mujeres para marinero, gordas de piel marrón, grasientas, que tienen que se con las piernas separadas y se ríen de los hombres no entienden el idioma, sacudiéndose, una mano de uñ negras desparramada en el pañuelo de colorinches que les rodea el pescuezo. Porque cuello tienen los niños y las doncellas.

Se ríen de los hombres rubios, siempre borrachos que tararean canciones incomprensibles, hipando, agarrados a las manos de las mujeronas sucias. Contra la pared del fondo se extienden las mesas de los malevos, atentos y melancólicos, el pucho en la boca, comentando la noche y otras noches viejas que a veces aparecen, en el aserrín fangoso, casi siempre, en cuanto el tiempo es de lluvia y los muros se ahuecan y encierran como el vientre de una bodega.

Ester costaba dos pesos, uno para ella y otro para el hotel. Ya éramos amigos. Me saludaba desde su mesa moviendo dos dedos en la sien, daba unas vueltas acariciando cabezas de borracho y saludándose gravemente con las mujeres y venía a sentarse conmigo. Nunca habíamos salido juntos. Era tan estúpida como las otras, avara, mezquina, acaso un poco menos sucia. Pero parecía más joven y los brazos, gruesos y blancos, se dilataban lechosos en la luz del cafetín, sanos y graciosos, como si al hundirse en la vida hubiera alzado las manos en un gesto desesperado de auxilio, manoteando como los ahogados, y los brazos hubieran quedado atrás, lejos en el tiempo, brazos de muchacha despegados del cuerpo largo, nervioso, que ya no existía.

—¿Qué hacés, loco?

—Nada... aquí andamos. Pago un té. Y nada más.

pedí nada, atorrante.

e daba un manotón en el ala del som-
lo en la nuca. Los hombros extraordi-
gruesos que los brazos, redondos y sa-
hombros de un boxeador, pero blancos,
lisos, llenos de polvo y perfumes. Llamaba al mozo y pedía un guindado.

Una noche —era también una noche de lluvia y las mesas del fondo estaban llenas y silenciosas, hoscas, mientras un muchacho que se movía como una mujer se reía tocando valses en el piano con un medio litro que alzaba de vez en cuando, manteniendo la música ensordinada con un dedo solo y bebía riendo:

—¡Cheerio!

Esa noche le dije que nunca me iría con ella pagándole, era demasiado linda para eso, tan distinta de todas aquellas mujeres gordas y espesas.

—Mujeres para marineros; y yo, gracias a dios...

La voz del muchacho en el piano, cuando decía: "¡Cheerio!" con el medio litro en el aire, era también de mujer.

¿Qué podía pensar ella? Por otra parte, es posible que yo no haya sido sincero y le haya dicho aquello porque sí, como una broma. Pero Ester encogió los hombros haciendo una mueca cínica, sin relación alguna con sus brazos, una mueca que descubría repentinamente, como un secreto de familia guardado con tenacidad, su parentesco con las mujeres de piel oscura que se reían balanceándose en las sillas.

—¡Vamos, m'hijo! Si me viste cara de otaria...

Desde entonces me propuse tenerla gratis. No le hablaba nunca de eso, no le pedí nada. Cuando ella me invitaba a salir, movía la cabeza con aire triste.

—No. Pagando nunca. Comprendé que con vos no puede ser así.

Me insultaba y se iba. Cada vez venía menos por mi mesa. Algunas noches —estaba borracha entonces con frecuencia y acaso enferma, cada vez más gastada, ordinaria, mientras los brazos y sobre todo los hombros redondos y empolvados pasaban como chorros de leche entre las mesas, resbalando en la luz pobre del salón— ni siquiera me saludaba. Cada vez me interesaba menos el asunto y seguía yendo por costumbre, porque no tenía amigos ni nada que hacer y a las tres de la mañana, cuando terminaba el trabajo en el diario, me sentía sin fuerzas para irme a la pieza, solo.

Por aquel tiempo no venían sucesos a visitarme a la cama antes del sueño; las pocas imágenes que llegaban eran idiotas. Ya las había visto en el día o un poco antes. Se repetían caras de gentes que no me interesaban, ubicadas en sitios sin misterios. Estaba por fallarse el divorcio; habían abierto el juicio a prueba y yo fui solamente una vez. No podía soportarlo. Me era indiferente el resultado de aquello, resuelto a no vivir más con Cecilia; ¿y qué diablo podía importarme que un asno cualquiera la declarara culpable a ella o a mí? Ya no se trataba de nosotros. Viejos, cansados, sabiendo menos de la vida a cada día, estábamos fuera de la cuestión. Es siempre la absurda costumbre de dar más importancia a las personas que a los sentimientos. No encuentro otra palabra.

Quiero decir: más importancia al instrumento que a la música.

Había habido algo maravilloso creado por nosotros. Cecilia era una muchacha, tenía trajes con flores en la primavera, unos guantes diminutos y usaba pañuelos de tela transparente que llevaban dibujos de niños bordados en las esquinas. Como un hijo, el amor había salido de nosotros. Lo alimentábamos, pero él tenía su vida aparte. Era mejor que ella, mucho mejor que yo. ¿Cómo querer compararse con aquel sentimiento, aquella atmósfera que a la media hora de salir de casa me obligaba a volver, desesperado, para asegurarme de que ella no había muerto en mi ausencia? Y Cecilia, que puede distinguir los diversos tipos de carne de vaca y discutir seriamente con el carnicero cuando la engaña, ¿tiene algo que ver con aquello que la hacía viajar en el ferrocarril con lentes oscuros, todos los días, poco tiempo antes de que nos casáramos, "porque nadie debía ver los ojos que me habían visto desnudo"?

El amor es maravilloso y absurdo e, incomprensiblemente, visita a cualquier clase de almas. Pero la gente absurda y maravillosa no abunda; y las que lo son, es por poco tiempo, en la primera juventud. Después comienzan a aceptar y se pierden.

He leído que la inteligencia de las mujeres termina de crecer a los veinte o veinticinco años. No sé nada de la inteligencia de las mujeres y tampoco me interesa. Pero el espíritu de las muchachas muere a esa edad, más o menos. Pero muere siempre; terminan siendo todas iguales, con un sentido práctico hediondo, con sus necesidades materiales y un deseo ciego y oscuro de parir un hijo. Piénsese en esto y se sabrá por qué no hay grandes artistas mujeres. Y si uno se casa con una muchacha y un día se despierta al lado de una mujer, es posible que comprenda, sin asco, el alma de los violadores de niñas y el cariño baboso de los viejos que esperan con chocolatines en las esquinas de los liceos.

El amor es algo demasiado maravilloso para que uno pueda andar preocupándose por el destino de dos personas que no hicieron más que tenerlo, de manera inexplicable. Lo que pudiera suceder con don Eladio Linacero y doña Cecilia Huerta de Linacero no me interesa. Basta escribir los nombres para sentir lo ridículo de todo esto. Se trataba del amor y esto ya estaba terminado, no había primera ni segunda instancia, era un muerto antiguo. Qué más da el resto. Pero en el sumario hay algo que no puedo olvidar. No trato de justificarme; pueden escribir lo que quieran las ratas de juzgado. Toda la culpa es mía: no me interesa ganar dinero ni tener una casa confortable con radio, heladera, vajilla y un watercló impecable. El trabajo me parece una estupidez odiosa a la que es difícil escapar. La poca gente que conozco es indigna de que el sol le toque en la cara. Allá ellos, todo el mundo y doña Cecilia Huerta de Linacero.

Pero en el sumario se cuenta que una noche desperté a Cecilia, "la obligué a vestirse con amenazas y la llevé hasta la intersección de la rambla y la calle Eduardo Acevedo". Allí, "me dediqué a actos propios de un anormal, obligándola a alejarse y venir caminando hasta donde estaba yo, varias veces, y a repetir frases sin sentido". Se dice que hay varias maneras de mentir; pero la más repugnante de todas es decir la verdad, toda la verdad, ocultando el alma de los hechos. Porque los hechos son siempre vacíos, son recipientes que tomarán la forma del sentimiento que los llene.

Aquella noche nos habíamos acostado sin hablarnos. Yo estuve leyendo, no sé qué, y a veces, de reojo, veía dormirse a Cecilia. Ella tenía una expresión lenta, dulce, casi risueña, una expresión de antes, de cuando se llamaba Ceci, para la que yo había construido una imagen exacta que ya no podía ser recordada. Nunca pude dormirme antes que ella. Dejé el libro y me puse a acariciarla con un género de caricia monótona que apresura el sueño. Siempre tuve miedo de dormir antes que ella, sin saber la causa. Aun adorándola, era algo así como dar la espalda a un enemigo. No podía soportar la idea de dormirme y dejarla a ella en la sombra, lúcida, absolutamente libre, viva aún. Esperé a que se durmiera completamente, acariciándola siempre, observando cómo el sueño se iba manifestando por estremecimientos repentinos de las rodillas y el nuevo olor, extraño, apenas tenebroso, de su aliento. Después apagué la luz y me di vuelta esperando, abierto al torrente de imágenes.

Pero aquella noche no vino ninguna aventura para recompensarme del día. Debajo de mis párpados se repetía, tercamente, una imagen ya lejana. Era precisamente la rambla a la altura de Eduardo Acevedo, una noche de verano, antes de casarnos. Yo la estaba esperando, apoyado en la baranda, metido en la sombra que olía intensamente a mar. Y ella bajaba la calle en pendiente, con los pasos largos y ligeros que tenía entonces, con un vestido blanco y un pequeño sombrero caído contra una oreja. El viento la golpeaba en la pollera, trabándole los pasos, haciéndola inclinarse apenas, como un barco de vela que viniera hacia mí desde la noche. Trataba de pensar en otra cosa; pero, apenas me abandonaba, veía la calle desde la sombra de la muralla y la muchacha, Ceci, bajando con un vestido blanco.

Entonces tuve aquella idea idiota como una obsesión. La desperté, le dije que tenía que vestirse de blanco y acompañarme. Había una esperanza, una posibilidad de tender redes y atrapar el pasado y la Ceci de entonces. Yo no podía explicarle nada; era necesario que ella fuera sin plan, no sabiendo para qué. Tampoco podía perder tiempo, la hora del milagro era aquélla, enseguida. Todo esto era demasiado extraño y yo debía tener cara de loco. Se asustó y fuimos. Varias veces subió la calle y vino hacia mí con el vestido blanco donde el viento golpeaba haciéndola inclinarse. Pero allá arriba, en la calle empinada, su paso era distinto, reposado y cauteloso, y la cara que acercaba al atravesar la rambla debajo del farol era seria y amarga. No había nada que hacer y nos volvimos.

XII

Pero esto tampoco tiene que ver con lo que me interesa decir. Creo que Cecilia volvió a casarse y es posible que sea feliz. Estaba contando la historia de Ester. El desenlace fue, también, en una noche de lluvia, sin barcos en el puerto. El cafetín estaba casi vacío. Vino a mi mesa y estuvo cerca de una hora sin hablar. No había música. Después se rió y me dijo:

—Si vos no querés ir conmigo pagando, no me vas a pagar nada. ¿No es lo mejor?

Sacó un peso y pagó los guindados que había tomado. No le hice caso. Al rato me dijo:

—Decí... ¿y si yo me hiciera la loca?

—¿A ver?

—Y bueno, sos un cabeza dura. A porfiado nadie te gana. Si querés vamos.

—No quiero líos. ¿Gratis?

—Sí, pero no te creas que se te hace el campo orégano. Es la última vez. Mirá: con vos no voy más ni aunque me pagues.

Ya no tenía ningún interés. Pero no había otro remedio y salimos. Ella tenía el abrigo sobre los hombros y caminaba con la cabeza baja por las veredas relucientes de agua. El hotel estaba en Liniers, frente al mercado. Seguía lloviznando, no tomamos coche y así fuimos en silencio. Cuando llegamos ella tenía la cabeza empapada. Se sacudía la melena frente al espejo, mostrando los dientes, sin mover los grandes hombros blancos. La veladora tenía una luz azul. Recuerdo que estuvo temblando un rato al lado mío y tenía el cuerpo helado, con la piel áspera y erizada.

Cuando se estaba vistiendo le dije —nunca supe por qué— desde la cama:

—¿Nunca te da por pensar cosas, antes de dormirte o en cualquier sitio, cosas raras que te gustaría que te pasaran...?

Tengo, vagamente, la sensación de que, al decirle aquello, le pagaba en cierta manera. Pero no estoy seguro. Ella dijo alguna estupidez, bostezando, otra vez frente al espejo. Por un rato estuve callado, mirando al techo, oyendo el rumor de la lluvia en el balcón. Llegaba el ruido de carros pesados y canto de gallos. Empecé a hablar, sin moverme, boca arriba, cerrando los ojos.

—Hace un rato estaba pensando que era en Holanda, todo alrededor, no aquí. Yo le digo Nederland por una cosa. Después te cuento. El balcón da a un río por donde pasan unos barcos como chalanas, cargados de madera, y todos llevan una capota de lona impermeable donde cae la lluvia. El agua es negra y las gabarras van bajando despacio sin hacer ruido, mientras los hombres empujan con los bicheros en el muelle. Aquí en el cuarto yo esperaba una noticia o una visita, a veces era una visita y yo me había venido desde allá para encontrarme con esa persona esta noche. Porque hace muchos años nos comprometimos para vernos esta noche en este hotel. Hay otras cosas, además. Una chalana está cargada de fusiles y quiero pasarlos de contrabando. Si todo va bien, yo dejo una luz azul como ésta en los balcones y los de la chalana pasan abajo cantando en alemán, algo que dice "hoy mi corazón se hunde y nunca más...". Todo va bien, pero yo no soy feliz. Me doy cuenta de golpe, ¿entendés?, que estoy en un país que no conozco, donde siempre está lloviendo y no puedo hablar con nadie. De repente me puedo morir aquí en la plaza del hotel...

—¿Pero por qué no reventás?

Había dejado de arreglarse el peinado y me miraba apoyada en el tocador con aire extraño.

—¿Se puede saber qué tomaste?

—Bueno. Pero decime si vos pensás así. Cualquier cosa rara.

—Siempre pensé que eras un caso... ¿Y no pensás a veces que vienen mujeres desnudas, eh? ¡Con razón no querías pagarme! ¿Así que vos...? ¡Qué punta de asquerosos!

Salió antes que yo y nunca volvimos a vernos. Era una pobre mujer y fue una imbecilidad hablarle de esto. A veces pienso en ella y hay una aventura en que Ester viene a visitarme o nos encontramos por casualidad, tomamos y hablamos como buenos amigos. Ella me cuenta entonces lo que sueña o imagina y son siempre cosas de una extraordinaria pureza, sencillas como una historieta para niños.

Estoy muy cansado y con el estómago vacío. No tengo idea de la hora. He fumado tanto que me repugna el tabaco y tuve que levantarme para esconder el paquete y limpiar un poco el piso. Pero no quiero dejar de escribir sin contar lo que sucedió con Cordes. Es muy raro que Lázaro no haya vuelto. A cada momento me parece que lo oigo en la escalera, borracho, dispuesto a reclamarme los catorce pesos con más furia que nunca. Es posible que haya caído preso y en este momento algunos negroides más brutos que él lo estén enloqueciendo a preguntas y golpes. Pobre hombre, lo desprecio hasta con las raíces del alma, es sucio y grosero, sin imaginación. Tiene una manera odiosa de tumbarse en la cama y hablar de los malditos catorce pesos que le debo, sin descanso, con una voz monótona, esas *eses* espesas, las *erres* de la garganta, con su tono presuntuoso de hijo de una raza antigua, empapado de experiencia, para quien todos los problemas están resueltos. Lo odio y le tengo lástima; casi es viejo y vive cansado, no come todos los días y nadie podría imaginar las combinaciones que se le ocurren para conseguir tabaco. Y se levanta a veces en la madrugada para sentarse junto a la luz que empieza, a leer bisbiseando libros de economía política.

Tiene algo de mono, doblado en el banco, los puños en la cabeza rapada, muequeando con la cara llena de arrugas y pelos, haciendo bizquear los ojos entre las cejas escasas y las grandes bolsas de las ojeras. Cuando estoy muy amargado, raras veces, me divierto discutiendo con él, tratando de socavar su confianza en la revolución con argumentos astutos, de una grosera mala fe, pero que el infeliz acepta como legítimos. Da ganas de reír, o de llorar, según el momento, el esfuerzo que tiene que hacer para que la lengua endurecida pueda ir traduciendo el desesperado trabajo de su cerebro para defender las doctrinas y los hombres.

Lo dejo hablar, que se enrede solo, mirándolo con una sonrisa burlona, frunciendo un poco la boca hacia el lado derecho. Esto lo exaspera y hace que se embrolle más rápidamente. Claro que esto no dura mucho. Es lástima porque me divierte. Lázaro pierde la paciencia, se enfurece y se pone a insultar.

—Mirá... Sos un desclasado, eso. Va, va... Sos más asqueroso que un chancho burgués. Eso.

Éste es el momento oportuno para hablarle del lujo asiático en que viven los comisarios en el Kremlin y de la inclinación inmoral del gran camarada Stalin por las niñitas tiernas. (Tengo un recorte de no sé qué hediondo corresponsal de un diario norteamericano, donde habla de esos lujos asiáticos, de los niños matados a latigazos y de no sé cuánta otra imbecilidad. Es asombroso ver en qué se puede convertir la revolución rusa a través del cerebro de un comerciante yanki; basta ver las fotos de las revistas norteamericanas, nada más que las fotos porque no sé leerlas, para comprender que no hay pueblo más imbécil que ése sobre la tierra; no puede haberlo porque también la capacidad de estupidez es limitada en la raza humana. Y qué expresiones de mezquindad, qué profunda grosería asomando en las manos y en los ojos de sus mujeres, en toda esa chusma de Hollywood.)

—Mirá, viejo. Me da lástima porque sos un tipo de buena fe. Son siempre los millones de otarios como vos los que van al matadero. Pensá un poquito en todos los judíos que forman la burocracia staliniana...

No se necesita más. El pobre hombre inventa el apocalipsis, me habla del día de la revolución (tiene una frase genial: "cada día falta menos..."), y me amenaza con colgarme, hacerme fusilar por la espalda, degollarme de oreja a oreja, tirarme al río.

Digo otra vez que me da mucha lástima. Pero el animal sabe también defenderse. Sabe llenarse la boca con una palabra y la hace sonar como si escupiera.

—¡Fraa...casado!

La dice con la misma entonación burlona con que se insultan los chicos en la calle, y atrás de la palabra, en la garganta que resuena, está algo que me indigna más que todo en el mundo. Hay un acento extranjero

—Checoslovaquia, Lituania, cualquier cosa por el estilo—, un acento extranjero que me hace comprender cabalmente lo que puede ser el odio racial. No sé bien si se trata de odiar a una raza entera, u odiar a alguno con todas las fuerzas de una raza.

Pero Lázaro no sabe lo que dice cuando me grita "fracasado". No puede ni sospechar lo que contiene la palabra para mí. El pobre tipo me grita eso porque una vez, al principio de nuestra relación, se le ocurrió invitarme a una reunión con los camaradas. Trataba de convencerme usando argumentos que yo conocía desde hace veinte años, que hace veinte años me hastiaron para siempre. Juro que fui solamente por lástima, que nada más que una profunda lástima, un excesivo temor de herirlo, como si en su actitud y en su cabezota de mono hubiera algo indeciblemente delicado, me hizo acompañarlo a la famosa reunión de los camaradas.

Conocí mucha gente, obreros, gente de los frigoríficos, aporreada por la vida, perseguida por la desgracia de manera implacable, elevándose sobre la propia miseria de sus vidas para pensar y actuar en relación a todos los pobres del mundo. Habría algunos movidos por la ambición, el rencor o la envidia. Pongamos que muchos, que la mayoría. Pero en la gente del pueblo, la que es pueblo de manera legítima, los pobres, hijos de pobres, nietos de pobres, tienen siempre algo esencial incontaminado, algo hecho de pureza, infantil, candoroso, recio, leal, con lo que siempre es posible contar en las circunstancias graves de la vida. Es cierto que nunca tuve fe; pero hubiera seguido contento con ellos, beneficiándome de la inocencia que llevaban sin darse cuenta. Después tuve que moverme en otros ambientes y conocer a otros individuos, hombres y mujeres, que acababan de ingresar en las agrupaciones. Era una avalancha.

No sé si la separación en clases es exacta y puede ser nunca definitiva. Pero hay en todo el mundo gente que compone la capa tal vez más numerosa de las sociedades. Se les llama "clase media" o "pequeña burguesía". Todos los vicios de que pueden despojarse las demás clases son recogidos por ella. No hay nada más despreciable, más inútil. Y cuando a su condición de pequeños burgueses agregan la de "intelectuales", merecen ser barridos sin juicio previo. Desde cualquier punto de vista, búsquese el fin que se busque, acabar con ellos sería una obra de desinfección. En pocas semanas aprendí a odiarlos; ya no me preocupan, pero a veces veo casualmente sus nombres en los diarios, al pie de largas parrafadas imbéciles y mentirosas y el viejo odio se remueve y crece.

Hay de todo; algunos que se acercaron al movimiento para que el prestigio de la lucha revolucionaria o como quiera llamarse se reflejara un poco en sus maravillosos poemas. Otros, sencillamente, para divertirse con las muchachas estudiantes que sufrían, generosamente, del sarampión antiburgués de la adolescencia. Hay quien tiene un Packard de ocho cilindros, camisas de quince pesos y habla sin escrúpulos de la sociedad futura y la explotación del hombre por el hombre. Los partidos revolucionarios deben creer en la eficacia de ellos y suponen que los están usando. Es en el fondo un juego de toma y daca. Queda la esperanza de que, aquí y en cualquier parte del mundo, cuando las cosas vayan en serio, la primera precaución de los obreros sea desembarazarse, de manera definitiva, de toda esa morralla.

Me aparté enseguida y volví a estar solo. Es por eso que Lázaro me dice fracasado. Puede ser que tenga razón; se me importa un corno, por otra parte. Fuera de todo esto, que no cuenta para nada, ¿qué se puede hacer en este país? Nada, ni dejarse engañar. Si uno fuera una bestia rubia, acaso comprendiera a Hitler. Hay posibilidades para una fe en Alemania; existe un antiguo pasado y un futuro, cualquiera que sea. Si uno fuera un voluntarioso imbécil se dejaría ganar sin esfuerzos por la nueva mística germana. ¿Pero aquí? Detrás de nosotros no hay nada. Un gaucho, dos gauchos, treinta y tres gauchos.

Pero todo esto me aburre. Se me enfrían los dedos de andar entre fantasmas. Quiero contar aquella entrevista con Cardes; es también un ejemplo de intelectual y confieso que sigo admirándolo. Tiene talento, un instinto infalible, más bien, para guiarse entre los elementos poéticos y escoger enseguida, sin necesidad de arreglos ni remiendos. Es extraño que haya procedido, casi, con una torpeza mayor que la de Ester.

Recuerdo que en aquel tiempo andaba muy solo —solo a pesar mío— y sin esperanzas. Cada día la vida me resultaba más difícil. No había conseguido todavía el trabajo en el diario y me había abandonado, dejándome llevar, saliera lo que saliera. ¿Por qué los sucesos no vienen al que los espera y los está llamando con todo su corazón desde una esquina solitaria? Hasta las imaginaciones por la noche me resultaban amargas, y se desarrollaban faltas de espontaneidad, ayudadas, hostigadas por mí.

Encontré a Cordes casualmente y vinimos por la noche a mi pieza. Habíamos estado tomando unas cañas, él compró cigarrillos y yo, felizmente, tenía un poco de té. Estuvimos hablando durante horas, en ese estado de dicha exaltada, y suave no obstante, que sólo puede dar la amistad y hace que insensiblemente dos personas vayan apartando malezas y retorciendo caminos para poder coincidir y festejarlo con una sonrisa.

Hacía tiempo que no me sentía tan feliz, libre, hablando lleno de ardor, tumultuosamente, sin vacilaciones, seguro de ser comprendido, escuchando también con la misma intensidad, tratando de adivinar los pensamientos de Cordes por las primeras palabras de sus frases. Estábamos tomando el té, serían las dos de la mañana, acaso más, cuando Cordes me leyó unos versos suyos. Era un poema extraño, publicado después en una revista de Buenos Aires. Debo tener el recorte en alguna de las valijas, pero no vale la pena de ponerme a buscarlo ahora. Se llamaba "El pescadito rojo". El título es desconcertante y también a mí me hizo sonreír. Pero hay que leer el poema. Cordes tiene mucho talento, es innegable. Me parecía fluctuante, indeciso, y acaso pudiera decirse de él que no había acabado de encontrarse. No sé qué hace ahora ni cómo es; he dejado de tener noticias suyas y desde aquella noche no volví a verlo, a pesar de que sabía dónde buscarme.

Aquella noche dejé enfriar el té en mi vaso para escucharlo. Era un verso largo, como cuatro carillas escritas a máquina. Yo fumaba en silencio, con los ojos bajos, sin ver nada. Sus versos lograron borrar la habitación, la noche y al mismo Cordes. Cosas sin nombre, cosas que andaban por el mundo buscando un nombre, saltaban sin descanso de su boca, o iban brotando porque sí, en cualquier parte remota y palpable. Era —pensé después— un universo saliendo del fondo negro de un sombrero de copa. Todo lo que pueda decir es pobre y miserable comparado con lo que dijo él aquella noche. Todo había desaparecido desde los primeros versos y yo estaba en el mundo perfecto donde el pescadito rojo disparaba en rápidas curvas por el agua verdosa del estanque, meciendo suavemente las algas y haciéndose como un músculo largo y sonrosado cuando llegaba a tocarlo el rayo de luna. A veces venía un viento fresco y alegre que me tocaba el pelo. Entonces las aguas temblaban y el pescadito rojo dibujaba figuras frenéticas, buscando librarse de la estocada del rayo de luna que entraba y salía del estanque, persiguiendo el corazón verde de las aguas. Un rumor de coro distante surgía de las conchas huecas, semihundidas en la arena del fondo.

Pasamos después mucho rato sin hablar. Me estuve quieto, mirando al suelo; cuando la sombra de la última imagen salió por la ventana, me pasé una mano por la cara y murmuré gracias. Él hablaba ya de otra cosa, pero su voz había quedado empapada con aquello y me bastaba oírlo para continuar vibrando con la historia del pescadito rojo. Me mortificaba la idea de que era forzoso retribuir a Cordes sus versos. ¿Pero qué ofrecerle de toda aquella papelería que llenaba mis valijas? Nada más lejos de mí que la idea de mostrar a Cordes que yo también sabía escribir. Nunca lo supe y nunca me preocupó. Todo lo escrito no era más que un montón de fracasos. Recordé de pronto la aventura de la bahía de Arrak. Me acerqué a Cordes, sonriendo, y le puse las manos en los hombros. Y le conté, vacilando al principio como vacilaba el barco al partir, embriagándome enseguida con mis propios sueños.

Las velas del *Gaviota* infladas por el viento, el sol en la cadena del ancla, las botas altas hasta las rodillas, los pies descalzos de los marineros, la marinería, las botellas de ginebra que sonaban contra los vasos en el camarote, la primera noche de tormenta, el motín en la hora de la siesta, el cuerpo alargado del ecuatoriano que ahorcamos al ponerse el sol. El barco sin nombre, el capitán Olaff, la brújula del náufrago, la llegada a ciegas a la bahía de arena blanca que no figura en ningún mapa. Y la medianoche en que, formada la tripulación en cubierta, el capitán Olaff hizo disparar veintiún cañonazos contra la luna que, justamente veinte años atrás, había frustrado su entrevista de amor con la mujer egipcia de los cuatro maridos.

Hablaba rápidamente, queriendo contarlo todo, transmitir a Cordes el mismo interés que yo sentía. Cada uno da lo que tiene. ¿Qué otra cosa podía ofrecerle? Hablé lleno de alegría y entusiasmo, paseándome a veces, sentándome encima de la mesa, tratando de ajustar mi mímica a lo que iba contando. Hablé hasta que una oscura intuición me hizo examinar el rostro de Cordes. Fue como si, corriendo en la noche, me diera de narices contra un muro. Quedé humillado, entontecido. No era la incomprensión lo que había en su cara, sino una expresión de lástima y distancia. No recuerdo qué broma cobarde empleé para burlarme de mí mismo y dejar de hablar. Él dijo:

—Es muy hermoso... Sí. Pero no entiendo bien si todo eso es un plan para un cuento o algo así.

Yo estaba temblando de rabia por haberme lanzado a hablar, furioso contra mí mismo por haber mostrado mi secreto.

—No, ningún plan. Tengo asco por todo, ¿me entiende? Por la gente, la vida, los versos con cuello almidonado. Me tiro en un rincón y me imagino todo esto. Cosas así y suciedades, todas las noches.

Algo estaba muerto entre nosotros. Me puse el saco y lo acompañé unas cuadras.

Estoy cansado; pasé la noche escribiendo y ya debe ser muy tarde. Cordes, Ester y todo el mundo, menefrego. Pueden pensar lo que les dé la gana, lo que deben limitarse a pensar. La pared de enfrente empieza a quedar blanca y algunos ruidos, recién despiertos, llegan desde lejos. Lázaro no ha venido y es posible que no lo vea hasta mañana. A veces pienso que esta bestia es mejor que yo. Que, a fin de cuentas, es él el poeta y el soñador. Yo soy un pobre hombre que se vuelve por las noches hacia la sombra de la pared para pensar cosas disparatadas y fantásticas. Lázaro es un cretino pero tiene fe, cree en algo. Sin saberlo, ama a la vida y sólo así es posible ser un poeta.

Apagué la luz y estuve un rato inmóvil. Tengo la sensación de que hace ya muchas horas que terminaron los ruidos de la noche; tantas, que debía estar ya el sol bien alto. El cansancio me trae pensamientos sin esperanza. Hubo un mensaje que lanzara mi juventud a la vida; estaba hecho con palabras de desafío y confianza. Se lo debe haber tragado el agua como a las botellas que tiran los náufragos. Hace un par de años que creí haber encontrado la felicidad. Pensaba haber llegado a un escepticismo casi absoluto y estaba seguro de que me bastaría comer todos los días, no andar desnudo, fumar y leer algún libro de vez en cuando para ser feliz. Esto y lo que pudiera soñar despierto, abriendo los ojos a la noche retinta. Hasta me asombraba haber demorado tanto tiempo para descubrirlo. Pero ahora siento que mi vida no es más que el paso de fracciones de tiempo, una y otra, una y otra, como el ruido de un reloj, el agua que corre, moneda que se cuenta. Estoy tirado y el tiempo pasa. Estoy frente a la cara peluda de Lázaro, sobre el patio de ladrillos, las gordas mujeres que lavan la pileta, los malevos que fuman con el pucho en los labios. Yo estoy tirado y el tiempo se arrastra, indiferente, a mi derecha y a mi izquierda.

Ésta es la noche; quien no pudo sentirla así no la conoce. Todo en la vida es mierda y ahora estamos ciegos en la noche, atentos y sin comprender. Hay en el fondo, lejos, un coro de perros, algún gallo canta de vez en cuando, al norte, al sur, en cualquier parte ignorada. Las pitadas de los vigilantes se repiten sinuosas y mueren. En la ventana de enfrente, atravesando el patio, alguno ronca y se queja entre sueños. El cielo está pálido y tranquilo, vigilando los grandes montones de sombra en el patio. Un ruido breve, como un chasquido, me hace mirar hacia arriba. Estoy seguro de poder descubrir una arruga justamente en el sitio donde ha gritado la golondrina. Respiro el primer aire que anuncia la madrugada hasta llenarme los pulmones; hay una humedad fría tocándome la frente en la ventana. Pero toda la noche está, inapresable, tensa, alargando su alma fina y misteriosa en el chorro de la canilla mal cerrada, en la pileta de portland del patio. Ésta es la noche. Yo soy un hombre solitario que fuma en un sitio cualquiera de la ciudad; la noche me rodea, se cumple como un rito, gradualmente, y yo nada tengo que ver con ella. Hay momentos, apenas, en que los golpes de mi sangre en las sienes se acompasan con el latido de la noche. He fumado mi cigarrillo hasta el fin, sin moverme.

Las extraordinarias confesiones de Eladio Linacero. Sonrío en paz, abro la boca, hago chocar los dientes y muerdo suavemente la noche. Todo es inútil y hay que tener por lo menos el valor de no usar pretextos. Me hubiera gustado clavar la noche en el papel como a una gran mariposa nocturna. Pero, en cambio, fue ella la que me alzó entre sus aguas como el cuerpo lívido de un muerto y me arrastra, inexorable, entre fríos y vagas espumas, noche abajo.

Ésta es la noche. Voy a tirarme en la cama, enfriado, muerto de cansancio, buscando dormirme antes de que llegue la mañana, sin fuerzas ya para esperar el cuerpo húmedo de la muchacha en la vieja cabaña de troncos.

Los adioses

A Idea Vilariño

Quisiera no haber visto del hombre, la primera vez que entró en el almacén, nada más que las manos; lentas, intimidadas y torpes, moviéndose sin fe, largas y todavía sin tostar, disculpándose por su actuación desinteresada. Hizo algunas preguntas y tomó una botella de cerveza, de pie en el extremo más sombrío del mostrador, vuelta la cara —sobre un fondo de alpargatas, el almanaque, embutidos blanqueados por los años— hacia afuera, hacia el sol del atardecer y la altura violeta de la sierra, mientras esperaba el ómnibus que lo llevaría a los portones del hotel viejo.

Quisiera no haberle visto más que las manos, me hubiera bastado verlas cuando le di el cambio de los cien pesos y los dedos apretaron los billetes, trataron de acomodarlos y, enseguida, resolviéndose, hicieron una pelota achatada y la escondieron con pudor en un bolsillo del saco; me hubieran bastado aquellos movimientos sobre la madera llena de tajos rellenados con grasa y mugre para saber que no iba a curarse, que no conocía nada de donde sacar voluntad para curarse.

En general, me basta verlos y no recuerdo haberme equivocado; siempre hice mis profecías antes de enterarme de la opinión de Castro o de Gunz, los médicos que viven en el pueblo, sin otro dato, sin necesitar nada más que verlos llegar al almacén con sus valijas, con sus porciones diversas de vergüenza y de esperanza, de disimulo y de reto.

El enfermero sabe que no me equivoco; cuando viene a comer o a jugar a los naipes me hace siempre preguntas sobre las caras nuevas, se burla conmigo de Castro y de Gunz. Tal vez sólo me adule, tal vez me respete porque hace quince años que vivo aquí y doce que me arreglo con tres cuartos de pulmón; no puedo decir por qué acierto, pero sé que no es por eso. Los miro, nada más, a veces los escucho; el enfermero no lo entendería, quizá yo tampoco lo entienda del todo: adivino qué importancia tiene lo que dejaron, qué importancia tiene lo que vinieron a buscar, y comparo una con otra.

Cuando éste llegó en el ómnibus de la ciudad, el enfermero estaba comiendo en una mesa junto a la reja de la ventana; sentí que me buscaba con los ojos para descubrir mi diagnóstico. El hombre entró con una valija y un impermeable; alto, los hombros anchos y encogidos, saludando sin sonreír porque su sonrisa no iba a ser creída y se había hecho inútil o contraproducente desde mucho tiempo atrás, desde años antes de estar enfermo. Lo volví a mirar mientras tomaba la cerveza, vuelto hacia el camino y la sierra; y observé sus manos cuando manejó los billetes en el mostrador, debajo de mi cara. Pero no pagó al irse, sino que se interrumpió y vino desde el rincón, lento. enemigo sin orgullo de la piedad, incrédulo, para pagarme y guardar sus billetes con aquellos dedos jóvenes envarados por la imposibilidad de sujetar las cosas. Volvió a la cerveza y a la calculada posición dirigida hacia el camino, para no ver nada, no queriendo otra cosa que no estar con nosotros, como si los dos hombres en mangas de camisa, casi inmóviles en la penumbra del declinante día de primavera, constituyéramos un símbolo más claro, menos eludible que la sierra que empezaba a mezclarse con el color del cielo.

—Incrédulo —le hubiera dicho al enfermero si el enfermero fuera capaz de comprender—. Incrédulo —me estuve repitiendo aquella noche, a solas. Esto es; exactamente incrédulo de una incredulidad que ha ido segregando él mismo, por la atroz resolución de no mentirse. Y dentro de la incredulidad, una desesperación contenida sin esfuerzo, limitada, espontáneamente, con pureza, a la causa que la hizo nacer y la alimenta, una desesperación a la que está ya acostumbrado, que conoce de memoria. No es que crea imposible curarse, sino que no cree en el valor, en la trascendencia de curarse.

Tendría cerca de cuarenta años, y sus gestos, algunos abandonos que delataban la inmadurez. Cuando salió para tomar el ómnibus, el enfermero dejó de mirarme, alzó el vaso de vino y se volvió hacia la ventana.

—¿Y éste? ¿Se vuelve caminando o con las patas para adelante? Si está enfermo y va al hotel, lo atenderá Gunz. Tengo que preguntarle.

Lo decía en broma o tal vez pensara asegurarse las posibles inyecciones. Me hubiera gustado sentarme a tomar vino con él y decirle algo de lo que había visto y adivinado. Tenía tiempo; el ómnibus no había traído ningún pasajero y era la hora en que comenzaban a proyectar las comidas en las casitas de la sierra. Deseaba conversar y el enfermero me estaba invitando, sonriendo sobre el vaso y el plato. Pero no salí de atrás del mostrador; me puse a quitar polvo de unas latas y apenas hablé.

—Sí, está picado, no hay duda. Pero no es muy grave, no está perdido. Y, sin embargo, no se va a curar.

—¿Por qué no se va a curar si puede? ¿Porque Gunz lo va a matar?

Yo también me reí; hubiera sido sencillo decirle que no se iba a curar porque no le importaba curarse; el enfermero y yo habíamos conocido mucha gente así.

Alcé los hombros y continué con las latas.

—Digo —dije.

Después empecé a verlo desde el hotel en ómnibus y esperar frente al almacén el otro, el que iba hasta la ciudad; casi nunca entraba, seguía vestido con las ropas que se trajo, siempre con corbata y sombrero, distinto, inconfundible, sin bombachas, sin alpargatas, sin las camisas y los pañuelos de colores que usaban los demás. Llegaba después del almuerzo, con el traje que usaba en la capital, empecinado, manteniendo su aire de soledad, ignorando los remolinos de tierra, el calor y el frío, despreocupado del bienestar de su cuerpo: defendiéndose con las ropas, el sombrero y los polvorientos zapatos de la aceptación de estar enfermo y separado.

Supe por el enfermero que iba a la ciudad para despachar dos cartas los días que había tren para la capital, y del correo iba a sentarse en la ventana de un café, frente a la catedral, y allí tomaba su cerveza. Yo lo imaginaba, solitario y perezoso, mirando la iglesia como miraba la sierra desde el almacén, sin aceptarles un significado, casi para eliminarlos, empeñado en deformar piedras y columnas, la escalinata oscurecida. Aplicado con una dulce y vieja tenacidad a persuadir y sobornar lo que estaba mirando, para que todo interpretara el sentido de la leve desesperación que me había mostrado en el almacén, el desconsuelo que exhibía sin saberlo o sin posibilidad de disimulo en caso de haberlo sabido.

Hacía el viaje de cerca de una hora a la ciudad para no despachar sus cartas en el almacén, que también es estafeta de correos; y lo hacía por culpa o mérito de la misma yerta, obsesionada voluntad de no admitir, por fidelidad al juego candoroso de no estar aquí sino allá, el juego cuyas reglas establecen que los efectos son infinitamente más importantes que las causas y que éstas pueden ser sustituidas, perfeccionadas, olvidadas.

No estaba en el hotel, no vivía en el pueblo. Gunz no le había aconsejado irse al sanatorio; todo esto podía borrarse siempre que no entrara en el almacén para despachar sus cartas, siempre que las deslizara contra la plancha de goma de la ventanilla del correo de la ciudad. La interrupción quedaba anulada si en lugar de entregarme sus cartas como todos los que vivían en el pueblo, presenciaba la caída sobre ellas del sello fechador, manejado por una mano monótona y anónima que se disolvía en la bocamanga abotonada de un guardapolvo, una mano variable que no correspondía a ninguna cara, a ningún par de ojos que insinuaran hacerse cargo y deducir. El presente podía eludirse si veía el sello golpeando los sobres, imprimiendo en ellos, junto a las dos o tres palabras de un nombre, las siete letras de este otro nombre, el de una capital de provincia, el de una ciudad que puede visitarse por negocios.

Pero, algunas veces, al regresar de la ciudad entraba en el almacén para tomar otra cerveza. Esto sucedía las tardes de fracaso, cuando el nombre de mujer que él había dibujado en el sobre se hacía incomprensible, de pronto, en el segundo definitivo en que el sello se alzaba y caía con su ruido de blandura y resorte. Entonces el nombre no designaba ya a nadie y lo enfrentaba, arrevesado y maligno desde la plancha de goma, para insinuarle que tal vez fueran verdad la separación y las líneas de fiebre.

Lo veía llenar el vaso y vaciarlo en silencio, dándome el perfil, acodado en el mostrador, combatiendo la idea de que ni siquiera los pasados pueden conservarse inmutables, que las orejas más torpes tienen que escuchar el rumor de la arenilla que los pasados escarban para descender, alejarse, cambiar, seguir vivos. Se marchaba antes de emborracharse y caminaba hacia el hotel.

Pero las cartas que le mandaban desde la capital las recibía yo en el almacén y se las enviaba con el muchacho de los Levy, que hacía de cartero aunque no cobraba sueldo del correo sino algunos pesos que le pagábamos el hotel, el sanatorio y yo. Tal vez el hombre me creyera lo bastante interesado en personas y situaciones como para despegar los sobres y curiosear en las maneras diversas que tiene la gente para no acertar al decir las mismas cosas. Tal vez también por esto iba a despachar sus cartas en la ciudad, y tal vez no fuera sólo por impaciencia que a las pocas semanas empezó a venir al almacén, alrededor del mediodía, poco después del momento en que el chófer del ómnibus me tiraba la bolsa, flaca y arrugada, de la correspondencia.

Tuvo que presentarse, prefirió salir del rincón de los salames y el almanaque y obligarme a conversar, sin intentar convencerme, sin esconder su desinterés por las variantes ortográficas de los apellidos patricios, mostrando cortésmente que lo único que buscaba era hacerme recordar su nombre para evitar preguntarme, cada vez, si había llegado carta para él.

Recibía, al principio, cuatro o cinco por semana; pero pude, muy pronto, eliminar los sobres que traían cartas de amistad o de negocios e interesarme sólo por los que llegaban regularmente, escritos por las mismas manos. Eran dos tipos de sobres, unos con tinta azul, otros a máquina; él trataba de individualizarlos con un vistazo estricto y veloz, antes de guardarlos en el bolsillo, antes de volver al rincón en penumbra, recuperar el perfil contra la lámina folklórica, borrosa de moscas y humo del almanaque, y seguir tragando su cerveza exactamente con la misma calma de los días en que no le daba cartas.

El doctor Gunz le había prohibido las caminatas; pero solamente usaba el ómnibus para volver al hotel cuando llevaba en el bolsillo uno de los sobres escritos a máquina. Y no por la urgencia de leer la carta, sino por la necesidad de encerrarse en su habitación, tirado en la cama con los ojos enceguecidos en el techo, o yendo y viniendo de la ventana a la puerta, a solas con su vehemencia, con su obsesión, con su miedo concreto y el intermitente miedo a la esperanza, con la carta aún en el bolsillo o con la carta apretada con otra mano o con la carta sobre el secante verde de la mesa, junto a los tres libros y al botellón de agua nunca usado.

Eran dos los tipos de sobres que le importaban. Uno venía escrito con letra de mujer, azul, ancha, redonda, con la mayúscula semejante a un signo musical, las zetas gemelas como números tres. Los otros sobres, los que lo hacían obedecer a Gunz y trepar al ómnibus, eran también, visiblemente, de mujer, alargados y de color madera, casi siempre con un marcado doblez en la mitad, escritos con una máquina vieja de tipos sucios y desnivelados.

Estábamos a mitad de primavera, desconcertados por un sol furtivo y sin violencia, por noches frescas, por lluvias inútiles. El enfermero subía diariamente al hotel, con su perfeccionada sonrisa animosa, sus bromas y el maletín cargado de ampollas; las mucamas bajaban con frecuencia al almacén para encargar provisiones para la despensa del hotel o para comprarme cintas o perfumes, cualquier cosa que no podía demorarse hasta el paseo semanal a la ciudad. Hablaban del hombre porque durante muchas semanas, aunque llegaron otros pasajeros, continuó siendo "el nuevo"; también hablaba el enfermero, porque necesitaba adularme y había comprendido que el hombre me interesaba. Vivía en el garaje del almacén, no hacía otra cosa que repartir inyecciones y guardar dinero en un banco de la ciudad; estaba solo, y cuando la soledad nos importa somos capaces de cumplir todas las vilezas adecuadas para asegurarnos compañía, oídos y ojos que nos atiendan. Hablo de ellos, los demás, no de mí.

Venían y charlaban; y poco a poco empecé a verlo, alto, encogido, con la anchura sorprendente de su esqueleto en los hombros, lento pero sin cautela, equilibrándose entre formas especiales de la timidez y el orgullo, comiendo aislado en el salón del hotel, siempre junto a una ventana, siempre torciendo la cabeza hacia la indiferencia de la sierra y de las horas, huyendo de su condición, de caras y conversaciones recordatorias.

Empecé a verlo en el hall con mesitas encarpetadas del bar, mirando un libro o un diario, aburrido y paciente, admitiendo, supersticioso, que bastaba exhibirse vacío y sin memoria, dos o cuatro horas por día, a los pasajeros del hotel, para quedar exento, desvinculado de ellos y de la causa que los emparentaba. Así, indolente en el sillón de paja, con las piernas estiradas, forzando los labios a mantener un principio de sonrisa amable y nostálgica, se desinteresaba de las anormales velocidades o longitudes de los pasos de los demás, de sus voces adulteradas, de los perfumes agresivos en que parecían bañarse, convencidos de que el frenesí de los olores era capaz de conservar, para cada uno, el secreto que los unía a todos, que los agrupaba como a una tribu.

Entre ellos y aparte, dos o cuatro horas por día, fingiendo creer, él, que había transformado la incredulidad en costumbre y en aliada equívoca, y a quien una escrupulosa comedia de abandono bastaba para conservarlo adherido a todo lo que existiera antes de la fecha de un diagnóstico.

Nunca supe si llegué a tenerle cariño; a veces, jugando, me dejaba atraer por el pensamiento de que nunca me sería posible entenderlo. Allí estaba, desconocido, en el bar del hotel, de espaldas a la balanza púdicamente arrinconada contra la escalera, seguro de que no habría de usarla nunca, indiferente a los rumores de metales y comentarios que hacían los otros cuando se trepaban para consultar la aguja. Allí estaba, en los alrededores del hotel antes y después del almuerzo —inmediatamente antes y después de llegarse hasta el almacén y pedirme sin palabras la carta que esperaba—, caminando hasta llegar al río, hasta acercarse a las redondeadas piedras blancas del lecho y la miserable cinta de agua que se arrugaba entre ellas, luminosa, tiesa; mirando y recortando las cinco pilastras del puente; descendiendo sobre matorrales y tierras rojizas para pisar el vaciadero de basuras del hotel, revolver con los zapatos envases de cartulina, frascos, restos de verduras, algodones, papeles amarillos.

Continuaba viéndolo entrar cada mediodía al almacén, con su traje gris de ciudad, el sombrero hacia la nuca, haciéndome una corta, sorda ficción de saludo. Y cuando se arrinconaba para beber la cerveza, con o sin cartas en el bolsillo, yo insistía en examinarle los ojos, en estimar la calidad y la potencia del rencor que podía descubrírsele en el fondo: un rencor domesticado, hecho a la paciencia, definitivamente añadido. Él torcía la cabeza para suprimirme, miraba los rastrojos y los senderos de la sierra, la blancura culminante de las casitas bajo el sol vertical.

A principios de noviembre el enfermero llegó una noche al almacén y se sentó a desafiarme con la sonrisa. Le serví el vino y los platos de queso y salame; maté moscas dormidas, dándole la espalda y silbando.

—¿A que no sabe? —empezó por fin el enfermero—. Es de no creer. Se acuerda del tipo, ¿no? Parece que se va del hotel, parece que se fatigó de tanto conversar o ya no le queda más por decir porque una tarde se cruzó en la terraza con las rubias de Gomeza y tuvo que saludarlas, equivocándose, claro, porque tiene buen cuidado de no acertar nunca y colocar tardes por día o noches por tardes. Para que todos se enteren que está distraído, sin corregirse tampoco, porque lo hace por gusto, para que se sepa que no piensa en los que saluda ni sabe en qué momento vive.

A veces se interrumpía para mascar la visible mezcla de salame y queso, a ratos mascaba hablando; se me ocurrió que el odio del enfermero, apenas tibio, empecinado, no podía haber nacido de la negativa del otro a las inyecciones propuestas por Gunz; que había en su origen una incomprensible humillación, una ofensa secreta.

—Se va del hotel. Se le debe haber acabado la saliva porque una vez habló de la lluvia con el mozo del comedor o le preguntó a la mucama hasta qué horas hay agua caliente. Todavía no se despidió, no juntó fuerzas para pedir la cuenta o dar explicaciones, si es que a alguien le interesara oírlas. Y ya nadie le habla, o si le hablan es por broma, por adivinar si va a decir que sí o que no con la cabeza, con esa cara de quebracho, los ojos de pescado dormido.

Me reí un poco, para contentarlo, para demostrar que lo estaba escuchando, seguí golpeando con la palmeta, no hice preguntas.

—Lo de ojos de pescado dormido lo dijo la Reina, la mucama alta —admitió el enfermero—. Todavía no se despidió. Pero una siesta, en vez de ir a inspeccionar la basura, subió la sierra para hablar con Andrade y alquiló el chalet de las portuguesas. No debe saber nada de lo que pasó en el chalet. Si no habla con nadie, ¿quién le habría de avisar?

—No tiene importancia —dije—. Si ya está enfermo.

—No necesita decírmelo. No lo digo por el contagio. Pero, de todas maneras, una casa donde se murieron tres hermanas y con la prima cuatro... Todas a los veinticinco años. Es curioso.

—No era prima de las Ferreyra —dije bostezando—. Además, él ya no volverá a cumplir los veinticinco.

El enfermero se puso a reír como si yo me hubiera burlado de alguien.

Mientras iba colocando las persianas, imaginé al hombre subiendo la sierra para interrumpir la siesta de Andrade, metiendo su cuerpo largo y perezoso —como un contrasentido, casi como una profanación— en la sombra del negocio de remates y comisiones, interesándose en oportunidades, precios y detalles de construcción con su voz baja e inflexible, dejándose engañar, arrastrando sus ojos por el gran plano caprichoso de la sierra colgado de una pared, y al que atravesaban, en una intentona absurda de poner orden, gruesas líneas blancas correspondientes a calles y avenidas que nunca fueron abiertas, sinuosas, entreveradas rayas azules y rojas que profetizaban los recorridos de ómnibus que nunca habrían de gastar sus gomas trepando y descendiendo la nomenclatura fantástica. El hombre miraba las cabezas de colores de los alfileres con que Andrade marcaba en el plano la ubicación aproximada de las casas que le habían encargado alquilar o vender, tratando de descubrir un destello de aviso, de promesa, filtrado a través del polvo que las empañaba.

Y Andrade, sudoroso, sonriente, ofreciéndole, con cautela al principio, entusiasta y casi apremiante después, las cuatro habitaciones de la casita de las portuguesas, con sus muebles envueltos en cretonas claras, sus toques de gracia marchita, concebidos por muchachas para hacerse compañía, trabajados por los alternativos pares de manos.

Era extraño que el hombre se hubiera decidido por la casa de las Ferreyra y lo raro no estaba sólo en que le sobraran tres habitaciones ni en que desde la galería estuviera obligado a contemplar casi el mismo paisaje que recorría por las tardes: el puente sobre las piedras del río seco, el depósito de basuras del hotel.

—¿Usted hubiera dicho que el tipo tenía plata como para alquilar esa casa? —preguntó el enfermero antes de irse a dormir—. Sin contar con que Andrade debe haberse aprovechado.

Pero pronto nos convenció de que podía gastar todavía más dinero; porque pasaron las semanas y siguió en el hotel, yendo cada tarde, desde el almuerzo hasta la noche, a encerrarse en la casita de la sierra o a descansar en la galería, la cabeza apuntando hacia el paraje cortado casi rectamente por el río, y que limitaban el puente y la falda.

—¿Quién le dice que no estuvo enamorado de alguna de las portuguesas? —comentaba el enfermero—. A lo mejor de la segunda, que era tan conversadora como él. El otro día compró como media docena de botellas en el hotel y se las hizo llevar al chalet. Ahora sabemos para qué se encierra. Además, podía habérselas comprado a usted.

Hasta que un mediodía llegó al almacén antes que el ómnibus que repartía el correo y no se acercó al almanaque ni pidió cerveza. Se recostó en el árbol, afuera, con las manos en los bolsillos del pantalón, pierniabierto, por primera vez sin corbata ni sombrero.

La mujer bajó del ómnibus, de espaldas, lenta, ancha sin llegar a la gordura, alargando una pierna fuerte y calmosa hasta tocar el suelo; se abrazaron y él se apartó para ayudar al guarda que removía valijas en el techo del coche. Se sonrieron y volvieron a besarse; entraron en el almacén y como ella no quiso sentarse pidieron refrescos en la parte clara del mostrador, buscándose los ojos. El hombre conversaba con vertiginosa constancia, acariciando en las cortas pausas el antebrazo de la mujer, alzando párrafos entre ellos, creyendo que los montones de palabras modificaban la visión de su cara enflaquecida, que algo importante podía ser salvado mientras ella no hiciera las preguntas previsibles.

Bajo los anteojos de sol, la boca de la mujer se abría con facilidad, casi a cada frase del hombre, repitiendo siempre la misma forma de alegría. Me sonrió dos veces mientras los atendí, agradeciéndome favores inexistentes, exagerando el valor de mi amistad o mi simpatía.

—No —dijo él—, no es necesario, no hay ventajas en eso. No es por el dinero, aunque prefiero no usar ese dinero. En el hotel tengo también médico, todo lo necesario.

Ella insistió un rato, cuchicheando sin convicción; debía estar segura de poder desarmar cualquier proyecto del hombre, y de que le era imposible vencer sus negativas distantes, su desapego. Él se apartó del mostrador y fue hasta la sombra del árbol para convencer a Leiva de que los llevara en su coche al hotel; Leiva estaba esperando el ómnibus del sanatorio para recoger a dos mujeres que iban a la ciudad. Terminó por decir que sí; tal vez el hombre le ofreció más dinero que el que valía el viaje, tal vez haya pensado que las mujeres estaban obligadas a no moverse del almacén hasta que él volviera.

La mujer de los anteojos oscuros me dirigió entonces sus cortas, exactas sonrisas.

—¿Cómo lo encuentra? —preguntó; pensé que él le había hablado de mí en sus cartas, debió haber mentido sobre conversaciones y amistad.

Tuvo tiempo para decirme, con una voz nueva y jubilosa, como si el informe mejorara algo:

—Debe haber visto el nombre en los diarios, tal vez se acuerde. Era el mejor jugador de basketball, todos dicen internacional. Jugó contra los americanos, fue a Chile con el seleccionado, el último año.

El último año debió haber sido aquel en que se dieron cuenta de que la cosa había empezado. Sin alegría, pero excitado, pude explicarme la anchura de los hombros y el exceso de humillación con que ahora los doblaba, aquel amansado rencor que llevaba en los ojos y que había nacido no sólo de la pérdida de la salud, de un tipo de vida, de una mujer, sino, sobre todo, de la pérdida de una convicción, del derecho a un orgullo. Había vivido apoyado en su cuerpo, había sido, en cierta manera, su cuerpo.

Acepté una nueva forma de la lástima, lo supuse más débil, más despojado, más joven. Comencé a verlo en alargadas fotos de *El Gráfico*, con pantalones cortos y una camiseta blanca inicialada, rodeado por otros hombres vestidos como él, sonriente o desviando los ojos con, a la vez, el hastío y la modestia que conviene a los divos y los héroes. Joven entre jóvenes, la cabeza brillante y recién peinada, mostrando, aun en la grosera retícula de las sextas ediciones, el brillo saludable de la piel, el resplandor suavemente grasoso de la energía, varonil, inagotable. Lo veía acuclillado, con la cabeza desviada para ofrecer tres cuartos de perfil al relámpago del magnesio, los cinco dedos de una mano simulando apoyarse en una pelota o protegerla; y también en una habitación sombría, examinando a solas, sin comprender, la lámina flexible de la primera radiografía, rodeado por trofeos y recuerdos, copas, banderines, fotografías de cabeceras de banquetes. Podía verlo correr, saltar y agacharse, sudoroso, crédulo y feliz, en canchas blanqueadas por focos violentos, seguro de ser aquel cuerpo largo y semidesnudo, convencido de la eternidad de cada tiempo de veinte minutos y de que el nombre que gritaba la multitud con agradecimiento y exigencia servía para expresarlo, mencionaba algo real y perdurable.

Mientras estuvo la mujer de los anteojos de sol no llegaron los sobres escritos a mano ni los de papel madera.

Vivían en el hotel, y el hombre no volvió al depósito de basuras ni a la casita de las portuguesas; paseaban tomados del brazo, alquilaban caballos y cochecitos, subían y bajaban la sierra, sonreían alternativamente, endurecidos, sobre fondos pintorescos, para fotografiarse con la Leica que se había traído ella colgada de un hombro.

—Es como una luna de miel —decía el enfermero, apaciguado—. Lo que le faltaba al tipo era la mujer, se ve que no soporta vivir separado. Ahora es otro hombre; me invitaron a tomar una copa con ellos en el hotel y el tipo me hizo preguntas sobre mil cosas del pueblo. La enfermedad no les preocupa; no pueden estar sin tocarse las manos, se besan aunque haya gente. Si ella pudiera quedarse (se va el fin de semana), entonces sí le apostaría cualquier cosa a que el tipo se cura. ¿No lo ve cuando vienen al mediodía a tomar el aperitivo?

El enfermero tenía razón y no me era posible decirle nada en contra; y, sin embargo, no llegaba a creer y ni siquiera sabía qué clase de creencia estaba en juego, qué artificio agregaba yo a lo que veía, qué absurda, desagradable esperanza me impedía conmoverme, aceptar la felicidad que ellos construían diariamente ante mis ojos, con la insistencia de las manos entre los vasos, con el sonido de las voces que proponían y comentaban proyectos.

Cuando ella se fue, el hombre volvió a visitar la casa que había alquilado, a veces desde la mañana, con un envoltorio de cosas para el almuerzo, y no aparecía hasta la noche, arrinconado en su mesa del hotel, abstraído y lacónico, apresurándose a reconstruir los muros de separación que había derribado catorce días antes, exterminando todo tallo de intimidad con su mirada gris, discretamente desconsolada.

Y también volvieron las cartas, dos días después de la partida de la mujer, emparejados los sobres con las anchas letras sinceras y los escritos con una máquina de cinta gastada.

Así quedamos, el hombre y yo, virtualmente desconocidos y como al principio; muy de tarde en tarde se acomodaba en el rincón del mostrador para repetir su perfil encima de la botella de cerveza —de nuevo con su riguroso traje ciudadano, corbata y sombrero—, para forcejear conmigo en el habitual duelo nunca declarado: luchando él por hacerme desaparecer, por borrar el testimonio de fracaso y desgracia que yo me emperraba en dar; luchando yo por la dudosa victoria de convencerlo de que todo esto era cierto, enfermedad, separación, acabamiento. Entraba mirándome a los ojos, con la insinuación de sonrisa que le ahorraba el saludo, y dejaba de mirarme enseguida de recibir las cartas; las guardaba en el bolsillo del saco, tratando de no apurarse ni tropezar, la cabeza y el cuerpo inmóviles, fingiendo que nada tenían que ver con los cinco dedos que maniobraban con los sobres. A veces pedía cerveza, otras daba las gracias y se iba; entonces sí llegaba a sonreír de verdad y con esta sonrisa y con la voz del agradecimiento sólo buscaba tranquilizarme, decir que yo no era responsable de lo que dijeran las cartas.

—Gunz lo encuentra peor —contaba el enfermero—. Es decir, que no mejora. Estacionario. Usted sabe, a veces nos alegramos si conseguimos un estado estacionario. Pero en otros casos es al revés, el organismo se debilita. ¿Y cómo va a mejorar? Le aseguro que alquiló la casa sólo para emborracharse sin que lo vean. Tendría que irse al sanatorio; si yo tuviera la responsabilidad de Gunz, el tipo ya estaría boca arriba veinticuatro horas por día. Gunz tendría que darle un buen susto.

Asustarlo, pensaba yo; habría que inventar otro mundo, otros seres, otros peligros. La muerte no era bastante, la clase de susto que él mostraba con los ojos y los movimientos de las manos no podía ser aumentado por la idea de la muerte ni adormecido con proyectos de curación.

Así estábamos, como al principio, cuando el pueblo se fue llenando y docenas de hombres y mujeres, con ponchos de colores y gorras, pantalones de montar y anteojos oscuros se desparramaron por la sierra, los caminos, los hoteles, los bares con pista de baile y hasta por el mismo almacén. Era un buen año, era la misma ola que yo había visto llegar quince veces, cada vez más grande, más ruidosa, y más excitada; y el hombre se hundió en ella, el enfermero y las criadas del hotel dejaron de traerme informes, lo perdieron de vista y hasta yo mismo, ocupado por la atención del almacén, le entregaba las cartas a ciegas, desinteresado. Pero no del todo; porque el imaginado duelo continuaba y por las noches, cuando el almacén quedaba vacío o con sólo un grupo de hombres y mujeres que se había refugiado allí para tomar la última copa —porque estaban de vacaciones, porque el salón del almacén era sórdido y sucio, porque el vino del barril los asombraba por malo y áspero, porque nunca se hubieran atrevido a entrar en un lugar así en Buenos Aires—, yo me dedicaba a pensar en él, le adjudicaba la absurda voluntad de aprovechar la invasión de turistas para esconderse de mí, me sentía responsable del cumplimiento de su destino, obligado a la crueldad necesaria para evitar que se modificara la profecía, seguro de que me bastaba recordarlo y recordar mi espontánea maldición, para que él continuara acercándose a la catástrofe.

Poco antes de fin de año dejó de usar el ómnibus para llevar sus cartas a la ciudad; iba a pie desde el hotel y a veces yo lo veía pasar, con su vestimenta sin concesiones al lugar ni al tiempo, abrumado y distraído, tan lejos de nosotros como si nunca hubiera llegado al pueblo, con un brazo rígido, independiente del movimiento de la marcha, la mano hundida en el bolsillo del saco donde yo sabía que estaba la carta recién escrita, apretando la carta con aprensión y necesidad de confianza, como si fuera un arma y como si le fuera imposible prever la forma, el dolor y las consecuencias de sus heridas.

La idea fue del enfermero, aunque no del todo; y pienso, además, que él no creía en ella y que la propuso burlándose no de mí ni del almacén, sino de la idea misma. Estábamos mirando pasar los automóviles, viéndolos entrar y salir, lustrosos y empinados, de las nubes de tierra que alzaban en el camino, cuando la mucama se echó a reír y colocó en el mostrador el vasito de anís. Era la Reina y decían que pensaba casarse con el enfermero.

—Si ese coche negro va para el hotel —dijo la Reina—, vuelve pronto. ¿Lo vio si doblaba? Desde el lunes no tenemos ni un lugarcito. Y eso que en todo sitio armamos camas. No vamos a tener nada hasta febrero.

Ahora estaba seria y orgullosa; terminó el vasito con la boca en pico, mirándome a los ojos, pidiéndome admiración y envidia.

—Y lo mismo pasa en el Royal —dijo el enfermero—. No sé dónde se va a meter la gente. Y siguen llegando. Con decirle que en el Royal tienen todas las mesas tomadas para Nochebuena y el treinta y uno. Yo que usted limpiaba esto con creolina, ponía una radio y daba un gran baile.

La mucama, la Reina, volvió a reírse; pero era sólo de excitación, una risita corta encima del pañuelo con que se enjugaba el sudor y el anís.

—¿Por qué no? —dijo entonces el enfermero, poniendo cara de hombre honrado—. Seriamente se lo digo. Esas dos noches vamos a tener mucha gente que no va a encontrar donde bailar y emborracharse para celebrar. Usted sabe cómo se ponen.

Él sabía, porque yo se lo había dicho. Todos, los sanos y los otros, los que estaban de paso en el pueblo y los que aún podían convencerse de que estaban de paso, todos los que se dejaban sorprender por las fiestas como por un aguacero en descampado, los que habitaban los hoteles y las monótonas casitas rojiblancas, todos adoptaban, desde el atardecer de ambas vísperas, una forma de locura especial y tolerable. Y siempre las fechas les caían encima como una sorpresa; aunque hicieran planes y cálculos, aunque contaran los días, aunque previeran lo que iban a sentir y lucharan para evitar esta sensación o se abandonaran al deseo de anticiparla e irla fortaleciendo para asegurarle una mayor potencia de crueldad. Tenían entonces algo de animales, perros o caballos, mezclaban una dócil aceptación de su destino y circunstancia con rebeldías y espantos, con mentirosas y salvajes intentonas de fuga. Yo sabía que en las dos noches iban a mostrar a los mozos y a los compañeros de mesa, a todos los que pudieran verlos, al remoto cielo de verano sobre los montes, a los espejos empañados de los cuartos de baño, y mostrarles como si creyeran en testimonios imperecederos, sus ojos fervorosos y expectantes, cubiertos de censura y de un brillo endurecido. Sabía que iban a estar gimiendo sin sonido bajo la música, los gritos, las detonaciones, tendiendo sus orejas hacia supuestos llamados, de machos o hembras, de supuestas almas afines que se alzarían al otro lado de la selva, en Buenos Aires, o en Rosario, en cualquier nombre y distancia.

Estuve moviendo la cabeza y alzando los hombros entre el enfermero y la mucama, fingiendo que trataba de recordar y que no había en el recuerdo bastante para convencerme.

—Usted sabe que se ponen como locos —precisó el enfermero, volviéndose hacia la mucama para convertirla en aliada—. Quieren un sitio para bailar y tomarse unas botellas. Cualquier agujero que no sea aquel donde viven.

En aquel momento, ya no necesitaba del enfermero; había tomado una decisión y tenía resueltos casi todos los detalles.

—Muy de veras —dijo la Reina, mientras abría la cartera para pintarse—. Si usted pone más mesas y arregla un poco para que bailen... Música va a tener en la radio.

Yo estaba ya mucho más lejos; pensaba en el árbol, dónde conseguirlo y cómo adornarlo. Así que pude mirar al enfermero con amistad, olvidando la sospecha de que hubiera propuesto los bailes para burlarse de mí y del almacén; lo pude mirar con una sonrisa, recordando que había dicho "cualquier sitio que no sea aquel donde viven", sintiéndome capaz de tolerar que él tuviera más inteligencia de la necesaria para romper ampollas, clavar agujas y llevar dinero al banco cada sábado.

Ella volvió a reír y comentó con entusiasmo las dos noches de baile en el almacén; el enfermero le dijo una broma que contenía una proposición no comprometedora. Nuevamente grave y humilde, repitió:

—En serio le digo. Se puede llenar de plata.

Así que aparecieron mesas y se fueron amontonando en el salón del almacén, algunas prestadas, otras armadas con cajones, tablas y caballetes, y todas las fui cubriendo con papeles de colores. Y el 24, aunque llovió toda la tarde y cayeron después algunos chaparrones, el salón se fue llenando y cada una de las mujeres tuvo una frase de simpatía o un gesto rejuvenecedor al descubrir el pino cargado de reflejos encima del mostrador. A pesar de la lluvia la radio funcionó toda la noche; bailaron un poco apretados, incómodos, mostrando que esto les gustaba, como les gustaba beber en tazas de bordes rotos y resignarse a las bebidas ordinarias y al ajo del matambre. Bailaron, rieron, cantaron y empezaron a irse bajo el aguacero, amigos míos de toda la vida.

Y la noche del 31 fue casi mejor, tuve más gente y hasta armé algunas mesas afuera. Pero a mitad de la noche empecé a sentirme cansado, aunque me ayudaba el chico de los Levy. De modo que cuando el enfermero oyó la bocina y salió afuera y vino a decirme sonriente, casi animándose a golpearme la espalda, que llegaba el ómnibus de la ciudad con algunos pasajeros y lleno de grupos que venían a bailar en el almacén, puse cara de sorpresa y de alegría pero empecé a desear con todas mis fuerzas que terminara la noche.

Tal vez estuvieran todos borrachos; por lo menos yo había vendido lo suficiente. Cantaban y se preguntaban la hora; desde la mesa de los ingleses del Brighton, en un rincón, una mujer se puso a tirar serpentinas, primero a las demás mesas, después para que quedaran colgando de la guirnalda de alambre y flores de papel que atravesaba el salón desde la punta del arbolito de Navidad hasta un barrote de la ventana. Era flaca, rubia, triste, vestida de negro con un gran escote, con un collar de perlas, con un broche de oro encima del corazón, con una mueca nerviosa que le desnudaba la encía superior, una contracción alegre, asqueada y feroz que le alzaba instantáneamente el labio y se deshacía con lentitud; era una mueca que, simplemente, sucedía en su cara, regularmente, antes y después de beber un trago de la mezcla de caña y vino blanco que había inventado el hombre gordo y rojo que presidía la mesa.

Ella se echaba hacia atrás sobre el banquito de cocina, con el rollo de serpentina encima de la cabeza, observando cuidadosa la posición de la guirnalda, ya muy combada y cuyas flores parecían marchitarse; inclinaba de golpe el cuerpo hacia la mesa y el vestido colgaba casi descubriendo el pecho, las redondeces breves y melancólicas, y la serpentina silbaba al estirarse. No erraba nunca, aunque estaba lejos; así que Levy chico y yo teníamos que empujar con las bandejas la cortina de serpentinas y los bailarines las tocaban con las caras, giraban para envolverse en ellas procurando no romperlas, dando vueltas lentísimas, engañando el ritmo de la música.

Atravesamos el escándalo de la medianoche y sólo puedo recordar mi dolor de cabeza, su palpitación irregular y constante y, rodeándolo, la gente de pie alzando vasos y tazas, brindando y abrazándose, confundida con el tiroteo que alguien inició en la sierra y que fue resbalando hasta el Royal, hasta las casas sobre el camino, mezclada con ladridos, con la voz presuntuosa del espíquer en la radio que alguién alzó hasta el aullido. La inglesa flaca, trepada en su banquito, sostenida por dos hombres, comía uvas blancas de un racimo que yo no le había vendido.

No puedo saber si la había visto antes o si la descubrí en aquel momento, apoyada en el marco de la puerta: un pedazo de pollera, un zapato, un costado de la valija introducidos en la luz de las lámparas. Tal vez tampoco la haya visto entonces, en el momento en que empezó el año, y sólo imagine, no recuerdo, su presencia inmóvil situada con exactitud entre el alboroto y la noche.

Pero la recuerdo con seguridad, más tarde, cuando algún grupo decidió marcharse y los demás fueron descubriendo que les era imposible continuar allí, en el almacén, mientras afuera sonaban gritos y risas, los golpes de las puertas de los coches, los motores trepando la cuesta en segunda, hacia el hotel viejo o hacia el caserío de Los Pinos. Entonces sí la recuerdo, no verdaderamente a ella, no su pierna y su valija, sino a los hombres tambaleantes que salían, volviéndose uno tras otro, como si se hubieran pasado la palabra, como si se hubiera desvanecido el sexo de las mujeres que los acompañaban, para hacer preguntas e invitaciones insinceras a lo que estaba un poco más allá del borde de la pollera, de la valija y el zapato iluminados.

Luego está el momento en que me detuve, detrás del mostrador, para mirarla. Sólo quedaban los ingleses del Brighton, los dos hombres fumando sus pipas, las tres mujeres cantando a coro, desanimadas, canciones dulces e incomprensibles, la más flaca estrujando el último paquete de serpentinas. Ahora ella estaba dentro del almacén, sentada cerca de la puerta, la valija entre los zapatos, un pequeño sombrero en la falda, la cabeza alzada para hablar con Levy chico que se moría de sueño. Tenía un traje sastre gris, guantes blancos puestos, una cartera redonda colgada del hombro; lo digo para terminar enseguida con todo lo que era de ella y no era su cara redonda, brillando por el calor, fluctuando detrás de las serpentinas suspendidas de la guirnalda y que empezaba a mover el aire de la madrugada.

El chico Levy la dejó para atender a los ingleses y vino a decirme que querían la cuenta; hice la suma y crucé delante de ella, sin mirarla, evitando ponerla en guardia, para poder continuar observándola desde atrás del mostrador. Pero cuando terminé de acompañar a los ingleses hasta el coche, de darles las gracias, de rechazar los elogios a mi fiesta, y de discutir con el más viejo si el tiempo de la tarde sería o no favorable para pescar en el dique, vi que el enfermero estaba sentado junto a ella.

Comprendí que había aprovechado la posición de la muchacha, levantada para encontrar los ojos de Levy chico y pedirle algo; así que el enfermero tuvo que contentarse, todo el tiempo, con una expresión que no era para él, que estaba dirigida a otro, en realidad a cualquiera. Pero esto no lo desanimaba: seguía preguntando, asentía con entusiasmo cada vez que ella murmuraba algo, entendiendo eso y todo lo demás, lo que la muchacha decía y lo que estaba debajo de las palabras, con su pasado y su futuro.

Le dije a Levy chico que fuera cerrando y ordenara un poco.

—¿Te pidió algo la señorita?

—No —dijo, parpadeando, dejando que lo invadieran el sueño y el cansancio, que la cara se le llenara de pecas—. Lo que hay es que dice que tenían que esperarla aquí, que mandó un telegrama, que el tren llegó atrasado.

—¿Quién tenía que esperarla? —pregunté. Pensaba que ella era demasiado joven, que no estaba enferma, que había tres o cuatro adjetivos para definirla y que eran contradictorios.

—¿Quiere que le pregunte? —dijo Levy chico.

—Déjala. Ya vendrán a buscarla o la acomodaremos en el Royal o en cualquier lado. Pero pregúntale si tiene hambre o quiere tomar algo.

Mientras yo no miraba, el chico fue lentamente hasta la mesa y volvió.

—Quiere cerveza, no hay hielo, no tiene hambre.

Estuve moviendo la botella en el depósito de hielo para que se refrescara. "Es demasiado joven", volví a pensar, sin comprender el sentido de "demasiado" ni de qué cosa indeseable la estaba librando a ella, y no sólo a ella, a su juventud. Cuando me enderecé, el enfermero estaba de codos en el mostrador, sonriendo a sus manos, reticente, modesto y triunfal.

—¿Sabe? —empezó, mientras yo secaba la botella y examinaba su vaso.

—Espere —le dije, seguro de la importancia de no escucharlo enseguida. Fui hasta la mesa y destapé la botella, ella me agradeció con la misma cara que había alzado para Levy chico y mantenido junto al enfermero. Pero la cara conservaba bastante de lo que había sido cuando estuvo en la sombra, junto a la puerta del almacén, y tal vez algunos restos del viaje en tren y en ómnibus, y, si yo no lo estaba imaginando, de lo que era a solas y en el amor.

Lo supe en cuanto el enfermero preguntó "¿Sabe?"; o lo había sabido antes y me dejé despistar porque ella era demasiado joven... Pero no tenía motivos para presumir frente al enfermero, de modo que cuando volví al mostrador jugando con la tapa de la botella, soporté que él repitiera la pregunta y se demorara balanceando la sonrisa prologal. Cuando Levy chico fracasó por tercera vez con una persiana le dije que se fuera a dormir, que yo me encargaba de cerrar y que él podía venir a mediodía para ayudarme en la limpieza y cobrar. Todo esto por encima de los hombros del enfermero, de sus brazos cruzados en el mostrador, de su corbata de fiesta y del clavel blanco en el ojal; a través de la sonrisa indelicadamente grosera que continuaba segregando.

—¿Sabe? —le escuché por fin—. Es de no creer. La chica mandó un telegrama avisando que venía y que la esperaran aquí, en la parada, en el almacén. El tren vino atrasado, más de dos horas, y pensaba que la estuvieron esperando y se fueron. Pero no la estuvieron esperando. ¿Se imagina quién? Uno del hotel viejo, que es también uno de la sierra. ¿Adivina? El tipo. Así es la cosa: una mujer en primavera, la chica esta para el verano. Y a lo mejor el tipo tiene el telegrama en el hotel y está festejando en el chalet de las portuguesas, emborrachándose solo. Porque fui esta noche dos veces al hotel viejo, por la solterona del perro y el subcontador, y el tipo no apareció por ninguna parte. Borracho en el chalet, le apuesto. Ella quiere que alguien la acompañe hasta el hotel. Como el teléfono está atrás no se le ocurrió que puede llamar desde aquí. Ahora fíjese: ¿y si el tipo no está? También puede haber recibido el telegrama y no querer venir, es capaz.

—No llegó ningún telegrama; siempre llegan dos días después.

—Bueno —insistió el enfermero—, no pasó por aquí, no se lo trajeron a usted. Pero si era urgente, usted sabe, a veces aprovechan un viaje y lo llevan directo.

—¿Por qué iba a ser urgente? —pregunté casi enfurecido—. ¿Para avisar que llegaba? ¿Ella le dijo que lo mandó urgente? ¿Y por qué no le ofreció el teléfono?

—Sí —dijo el enfermero, impaciente y excusándose—. Pero espere.

—Dígale que entre y que llame al hotel —le dije, curioso, aplacándome—. El telegrama no va a llegar en tres días. O mejor llamamos nosotros.

—Espere, por favor —alzó una mano y sonrió nuevamente—. Llamamos enseguida, naturalmente, y yo puedo conseguir un coche en el Royal para llevarla y si el tipo no está en el hotel la llevamos hasta el chalet. Pero ahora dígame, seriamente: ¿está enferma?, ¿se va a curar?, ¿pulmones? —Estaba borracho, sosteniendo su excitación, dilatando los ojos con una expresión intensa, inteligente—. ¿O se le ocurre que sólo viene, después de la otra de los anteojos de sol, a estar con él para que no se aburra? Dígame. Entonces resulta que el chalecito lo alquiló para esta chica. ¿No le parece una muchacha demasiado joven? —Estaba más borracho de lo que yo había pensado, burlándose, casi insolente; pero yo sentía que lo más fuerte era su intranquilidad, su confusión, y que me había elegido para odiar en mí una multitud de cosas.

—Vamos a telefonear —le dije, tocándole un brazo.

Ahora ella se había colocado de pie frente a la puerta del almacén, mirando hacia afuera, con las piernas firmes y las manos siempre enguantadas, blancas, unidas sobre la cadera, como si tuviera la estupidez necesaria para estar esperando que el telegrama llegara de un momento a otro al hotel viejo y obligara al hombre a bajar a buscarla. Fui hasta la puerta y le hablé y ella contestó evitando mirarme, con la cara dirigida hacia la oscuridad, las lucecitas escasas en la sierra. No le parecía bien llamar al hotel a esa hora; pedía que la llevaran en auto hasta allí o la acompañaran a pie o le indicaran el camino. Cerré a medias el almacén mientras el enfermero cruzaba hasta el Royal. Cuando el enfermero detuvo frente a nosotros una *voiturette* rojiza con chapa de Oncativo y sonó el teléfono y él fue a atenderlo, tomé la resolución de no pensar, temeroso de hallar los adjetivos que correspondían a la muchacha y de hacerlos caer, junto con ella, encima del hombre que dormía en el hotel o en la casita. Cuando el enfermero se nos acercó y me dijo —no me esperen, váyanse nomás— que tenía que volver al Royal para darle una inyección a la rubia de Lamas, que estaba peor, que ya no conocía, supe de pronto que los sobres marrones escritos a máquina eran de ella, y que la mansa alegría de su cara me había sido anticipada, una vez y otra, con minuciosas depresiones correspondientes por la dulzura incrédula del perfil del ex jugador de basketball.

Sabía esto, muchas cosas más, y el final inevitable de la historia cuando le acomodé la valija en la falda e hice avanzar el coche por el camino del hotel. No intenté mirarla durante el viaje; con los ojos puestos en la luz que oscilaba elástica en el camino de tierra, no necesité mirarla para ver su cara, para convencerme de que la cara iba a estar, hasta la muerte, en días luminosos y poblados, en noches semejantes a la que atravesábamos, enfrentando la segura, fatua, ilusiva aproximación de los hombres; con la pequeña nariz que mostraba, casi en cualquier posición de la cabeza, sus agujeros sinuosos, inocentes; con el labio inferior demasiado grueso, con los ojos chatos, sin convexidad, como simples dibujos de ojos hechos con un lápiz pardo en un papel pardo de color más suave. Pero no enfrentando sólo a los hombres, claro, a los que iban a llegar después de este a quien nos íbamos acercando, y a los que ella haría seguramente felices, sin mentirles, sin tener que forzar su bondad o su comprensión, y que se separarían de ella ya condenados a confundir siempre el amor con el recuerdo de la cara serena, de las puntas de sonrisa que estaban allí sin motivo externo, y hasta sin motivo nacido en su pensamiento o en su corazón, la sonrisa que sólo se formaba para expresar la placidez orgánica de estar viva, coincidiendo con la vida. No sólo enfrentando a los hombres, la cara redonda y sin perfumes que no trataba de resistirse a las sacudidas del coche, que se dejaba balancear asintiendo, con una cándida, obscena costumbre de asentir; porque los hombres sólo podían servirle como símbolos, mojones, puntos de referencia para un eventual ordenamiento de la vida, artificioso y servicial. Sino que la cara había sido hecha para enfrentar lo que los hombres representaban y distinguían; interminablemente ansiosa, incapaz de sorpresas verdaderas, transformándolo todo de inmediato en memoria, en remota experiencia. Pensé en la cara, excitada, alerta, hambrienta, asimilando, mientras ella apartaba las rodillas para cada amor definitivo y para parir; pensé en la expresión recóndita de sus ojos planos frente a la vejez y la agonía.

—¿Usted lo conoce? —preguntó; tenía los codos sobre la valija y hacía girar el sombrerito.

—Viene al almacén.

—Yo sé. ¿Cómo está?

—Sería mejor preguntarle al médico. Pero va a estar bien, dentro de unos minutos. Usted sabe.

—Ya sé —volvió a decir.

Doblé a la derecha y entramos en el parque del hotel viejo. No me dejó cargar la valija; avanzó, un poco atrás, alargando los pasos, la cara alzada hacia las estrellas que empezaban a esfumarse. Hablé con el sereno y esperamos en el hall, de pie y separados, en silencio; el sereno apretaba el botón del teléfono y ella hacía girar la cabeza paciente y ansiosa, conociendo para el resto de su vida las distancias, el piso, las paredes, los muebles de un lugar que el hombre había atravesado diariamente.

Cuando él apareció en la escalera, flaco, insomne, en camisa, con una peligrosa inclinación a la burla, anticipando, escalón por escalón, antes de ver a la muchacha, antes de buscarla, su desesperanza, sus rápidas conformidades, hice un saludo con la mano y caminé hasta la puerta. Ella sonreía con la cabeza levantada hacia la excesiva lentitud del hombre y no se volvió cuando me dijo gracias, dos veces, en voz alta. Desde afuera, a través de la cortina de la puerta de vidrio, vi que el hombre se detenía, apoyándose en el pasamanos, encogido, hecha grotesca e infantil, por un segundo, su vieja, amparada incredulidad. Me quedé hasta verlos en la escalera, abrazados e inmóviles.

No hará bien a nadie, ni a ellos ni a mí, pensar, resolví cuando regresaba en el coche; el gerente del Royal estaba moviendo mesas ayudado por un peón; me senté para charlar y beber alguna cosa.

—Si fuera fin de año todo el año con sólo un año de trabajo yo no trabajo más —dijo el gerente, con rapidez, mostrando que lo había dicho muchas veces; es gordo, calvo, rosado, triste, joven—. La rubia de Lamas parece que no pasa la noche; el enfermero está con ella y los dos médicos. Justo al empezar el año.

Alguien tenía la ventana abierta en el primer piso del hotel; estaban bailando, se reían y las voces bajaban bruscamente hasta un tono de adioses, de confidencias concluyentes; pasaban bailando frente a la ventana, y el disco era *La vida color de rosa*, en acordeón.

—Necesitamos un poco más de propaganda y un poco menos de controles —dijo el gerente. No le importaba el tema, espiaba, como siempre, mi cara y mis movimientos, nervioso y agradecido—. ¿Otra cerveza, por favor? La industria hotelera es muy especial, no puede ser manejada como los demás negocios. Aquí, usted lo sabe muy bien, el factor personal es decisivo.

La noche ya se había hecho blanca y los gallos gritaban escalonados en la sierra; dejaron de bailar y una mujer cantó, en voz suave, en francés, *La vida color de rosa*, que habían vuelto a poner en el tocadiscos.

—Usted todavía puede hacer una buena fiesta para el día de Reyes —le dije al gerente; la mujer de arriba cantaba marcando mucho el compás, exagerando las pausas, como si cantara para que otro fuera aprendiendo—. Y si el tiempo ayuda, puede estar seguro de que el hotel se le va a llenar todos los fines de semana.

—Pienso lo mismo —contestó el gerente; destaparon otra botella y yo alcé mi vaso.

—Va a ser un buen año, esté seguro.

—Todos los años impares son buenos —asintió él.

Desde las primeras horas del año impar el hombre se fue del hotel viejo; lo supieron al día siguiente, a media mañana, cuando apareció para llevarse algunas ropas —no todas, no desocupó la habitación aunque no vino a dormir allí mientras la muchacha estuvo en el pueblo—

y para combinar que le llevaran diariamente una vianda con comida a la casa de las portuguesas.

De modo que se fueron para la sierra poco después que yo dejé de verlos abrazados en la escalera, cuando el cuerpo de la muchacha corregía la furia inicial para ofrecer solamente cosas que no exigían correspondencia: protección, paciencia, variantes del desvelo. Deben haber subido hasta la pieza, pero sólo por un momento, sólo porque él necesitaba vestirse y ella quería mirar los muebles que él usaba. Se fueron caminando en la noche y subieron la sierra, él con la valija de la muchacha y tomándole una mano para guiarla, medio paso más adelante, orgulloso e insistente, disuelta su impaciencia por llegar en aquella sensación de dominio, de autoridad benigna, disfrutándola como si la robara, sabiendo que en cuanto cerraran la puerta de la casita iba a quedar nuevamente despojado, sin nada perdurable para dar, sin otra cosa auténtica que la antigua y amansada desesperación.

La muchacha se quedó menos de una semana y en ninguno de aquellos días volví a verlos, ni nadie me dijo haberlos visto; en realidad, ellos existieron para nosotros sólo en el viaje diario, al mediodía, del peón del hotel que remontaba la sierra con la vianda y un diario bajo el brazo. Y existieron, también para mí, en las dos cartas que llegaron, los sobres con las letras azules y vigorosas que guardé en el fondo del cajón de la correspondencia, separados de los demás. Y todo lo que yo podía pensar de ellos —y para ellos, además, con el deseo vago y supersticioso de ayudarlos— era el trabajoso viaje en la oscuridad, tomados de la mano, silenciosos, él un poco adelantado, advirtiéndole los peligros con la presión de los dedos, la ancha espalda doblada como para simular el esfuerzo de arrastrarla, las cabezas inclinadas hacia el suelo desparejo e invisible, el ruido de los primeros pájaros encima de sus hombros, paso a paso, regulares y sin prisa sobre la humedad de la tierra y del pasto, como si la casa estuviera a una altura infinita, como si el tiempo se hubiera inmovilizado en el primer amanecer del año.

No volví a verlos hasta la víspera de Reyes; no pude verlos de otra manera que andando cabizbajos, ligados por dos dedos, a través y hacia arriba de una noche en suspenso, hasta que el enfermero cruzó por la tarde desde el Royal, puso un codo sobre el mostrador y murmuró sin mirarme, con la pronunciación de alguno de los ingleses del Brighton:

—Una cerveza helada, si le viene bien. —Se echó a reír y me palmeó—. Así están las cosas. Por fin dejó la cueva y almorzaron en el hotel; ella se va hoy. Puede ser que ya no aguantaran más eso de estar juntos y encerrados. De todos modos, parece un suicidio. Se lo dije a Gunz y tuvo que darme la razón. Y el tipo siguió con la cuenta del hotel, completa, toda la semana. Y, hablando de todo, hace mal también por ella; no es caballeresco, no debía haberla llevado al hotel, donde todo el mundo lo vio vivir con la otra. Todos saben que han dormido juntos en el chalet desde que ella llegó. Y ella, puede imaginarse, todo el almuerzo mirando el plato, escondiendo los ojos. En todo caso, él no debiera exponerla, provocar mostrándola. Yo no lo haría, ni usted.

Fue entonces cuando los vi llegar del brazo por el camino, el hombre cargado con la valija y vestido como si fuera a tomar el tren para la capital; conversaron un poco detenidos bajo el sol y después doblaron hacia el almacén. Me incliné para abrir el cajón de la correspondencia y volví a cerrarlo sin meter la mano. Los miré como si no los hubiera visto nunca, pensando qué podría descubrirles si los enfrentara por primera vez. Era la despedida, pero él estaba alegre, intimidado, incómodo, mirándonos a mí y al enfermero con una sonrisa rápida.

Se sentaron junto a la reja, en la mesa del enfermero, la mesa de los ingleses a fin de año. Pidieron café y coñac, pidió ella, la muchacha, sin apartar los ojos de él. Susurraban frases pero no estaban conversando; yo continuaba detrás del mostrador y el enfermero delante, dándome la espalda, mostrando a la puerta la cara de entendimiento y burla que hubiera querido dirigir a la mesa. El enfermero y yo hablamos del granizo, de un misterio que podía sospecharse en la vida del dueño de El Pedregal, del envejecimiento y su fatalidad; hablamos de precios, de transportes, de aspectos de cadáveres, de mejorías engañosas, de los consuelos que acerca el dinero, de la inseguridad considerada como inseparable de la condición humana, de los cálculos que hicieron los Barroso sentados una tarde frente a un campo de trigo.

Ellos no hacían más que murmurar frases, y esto sólo al principio; pero no conversaban: cada uno nombraba una cosa, un momento, construía un terceto de palabras. Alternativamente, respetando los turnos, iban diciendo algo, sin esforzarse, descubriéndolo en la cara del otro, deslumbrados y sin parpadear, con un corto susurro, jugando a quién recordaba más o a quién recordaba lo más importante, despreocupados de la idea de victoria. No dejé de vigilarlos, pero ni yo ni el enfermero podíamos oírlos. Y cuando andábamos por el reumatismo del dueño de El Pedregal y por el amor exagerado que tenía por los caballos, ellos dejaron de hablar, siempre con las miradas unidas. El enfermero no se dio cuenta del silencio o creyó que no era más que una pausa entre las frases con que probaban suerte. Recostado con la cintura en el mostrador, desviando un poco hacia mí la cabeza dirigida a la puerta, dijo:

—Leiva fue una especie de capataz en El Pedregal. Especie, digo. Me imagino que para el gringo no sería más que un sirviente. Lo demás será mentira; pero cuando la potranca se quebró, el gringo la mató de un tiro y aquel día no comieron en la estancia porque el gringo no quiso. Ni en los puestos.

Estaban callados, mirándose, ella boquiabierta; el tipo ya no le acariciaba la mano: había puesto la suya sobre un hombro y allí la tenía, quieta, rígida, mostrándomela. Seguí hablando para que el enfermero no se volviera a mirarlos; hablé del cuerpo gigantesco del gringo, torcido, apoyado en un bastón; hablé del empecinamiento, hablé del hombre y de la potranca, de la voz extranjera que asestaba, terca, persuasiva, segura del remate inútil, contra la cabeza nerviosa del animal, contra el ojo azorado.

Y ellos estaban mudos y mirándose, a través del tiempo que no puede ser medido ni separado, del que sentimos correr junto con nuestra sangre. Estaban inmóviles y permanentes. A veces ella alzaba el labio sin saber qué hacía; tal vez fuera una sonrisa, o la nueva forma del recuerdo que iba a darle el triunfo, o la confesión total, instantánea de quién era ella.

Algunos entraron a comprar y a traerme historias; un camionero atracó para pedir agua y una dirección; el último ómnibus para Los Pinos pasó sacudiéndose, desganado, cuando el sol empezaba a prolongar la sombra de la sierra. Adiviné la hora y miré el despertador colgado en un estante. Ellos estaban quietos en la mesa, la muchacha con los brazos cruzados sobre el pecho, empujando el respaldo de la silla para ganar distancia y ver mejor; él, de espaldas, ancho y débil, la mano en el hombro, el sombrero escondiéndole la nuca. "Sin otro propósito que el de mirar, sin fatiga, sin voluntad", pensé a medida que daba vueltas junto a ellos, sin resolverme a decirles que el ómnibus para la ciudad debía estar por llegar. Ahora pude ver la cara del hombre, enflaquecida, triste, inmoral. El enfermero me miraba con una sonrisa cargada de paciencia.

—El ómnibus —les dije—. Va a llegar enseguida.

Movieron la cabeza para asentir; volví a mi sitio en el mostrador y hablé con el enfermero de que es inútil dar vueltas para escapar al destino. El enfermero recordó varios ejemplos.

El ómnibus se detuvo frente al almacén y el guarda entró a tomar una cerveza; estuvo mirando la valija junto a la muchacha.

—No sé —dijo el enfermero, haciendo una sonrisa maquinalmente envilecida—. Podemos preguntar.
—Parecía enfurecido cuando golpeó las manos—: ¡Último ómnibus!

Ellos no se movieron; el enfermero encogió los hombros y apoyó de nuevo su cintura en el mostrador; yo sonreí al guarda, cara a cara. Ya se había ido el ómnibus y empezaba la noche cuando pensé que no bastaba que ellos estuvieran fuera de todo, porque este todo continuaba existiendo y esperando el momento en que dejaran de mirarse y de callar, en que la mano del hombre se desprendiera de la tela gris del traje para tocar a la muchacha. Siempre habría casas y caminos, autos y surtidores de nafta, otra gente que está y respira, presiente, imagina, hace comida, se contempla tediosa y reflexiva, disimula y hace cálculos.

De pie contra la luz violácea de la puerta —él cargaba la valija y me sonreía, parpadeando; autorizándome a vivir—, la muchacha alzó una mano y la puso sobre la mejilla del hombre.

—¿Vas a ir a pie? —preguntó.

Él continuaba mirándome.

—A pie. ¿Por qué no? A veces camino mucho más que eso. No necesitamos apurarnos para alcanzar el tren.

Ensayaba, para mí, para los otros, los demás que yo representaba, asomándome detrás de la deliberada pesadez del enfermero, servicial y como para una fotografía, una sonrisa de la que no lo hubiera creído capaz y que, no obstante, ella contemplaba sin asombro; una sonrisa con la que proclamaba su voluntad de amparar a la muchacha, de guardarla de preocupaciones transitorias, de suavizar la confesada imposibilidad de mantenerla aparte de lo que simbolizábamos el enfermero y yo, el almacén, la altura de la sierra.

Movieron las manos para despedirse y salieron al camino. Tenían que hacer dos cuadras a lo largo de la cancha de tenis del Royal y los fondos del tambo; después doblarían a la derecha para andar entre paredones de tierra rojiza, sobre un sendero zigzagueante, en declive, hasta surgir frente al foco y la bandera del puesto policial. Marcharían del brazo, mucho menos rápidos que la noche, escuchando distraídos el estrépito de alharaca y disciplina que les iba a llegar desde la izquierda, desde los edificios flamantes del campo de aviación. Tal vez recordaran aquella marcha en otra noche, cuando llegó la muchacha y subieron la sierra hasta la casita; tal vez llevaran con ellos, secreto y actuante, pero no disponible aún como recuerdo, el viaje anterior, los sentidos obvios que podían añadirle y extraerle.

Las cartas volvieron a llegar, ahora armoniosamente: una escrita con la ancha letra azul junto con una a máquina. No sentía lástima por el hombre sino por lo que evocaba cuando venía a beber su cerveza y pedir, sin palabras, sus cartas. Nada en sus movimientos, su voz lenta, su paciencia delataba un cambio, la huella de los hechos innegables, las visitas y los adioses. Esta ignorancia profunda o discreción, o este síntoma de la falta de fe que yo le había adivinado, puede ser recordado con seguridad y creído. Porque, además, es cierto que yo estuve buscando modificaciones, fisuras y agregados, y es cierto que llegué a inventarlos.

En esto estábamos mientras iba creciendo el verano, en enero y febrero, y los rebaños de turistas llenaban los hoteles y las pensiones de la sierra. Estábamos, él y yo —aunque él no lo supiera o creyera saber otra cosa— jugando durante aquel verano reseco al juego de la piedad y la protección. Pensar en él, admitirlo, significaba aumentar mi lástima y su desgracia. Me acostumbré a no verlo ni oírlo, a darle su cerveza y sus cartas como si las acercara a cualquier otro de los que entraban al almacén con los disímiles uniformes de verano.

—No crea que no me doy cuenta —decía el enfermero—. No quiere hablar del tipo. ¿Y por qué? ¿También a usted lo embrujó? Es de no creer lo que pasa en el hotel viejo. No saluda a nadie pero nadie quiere hablar mal de él. De la muchacha, sí. Y ni siquiera con Gunz; no se puede hablar con Gunz de la muerte del tipo. Como si él no supiera, como si no hubiera visto morir a cien otros mejores que él.

Todos los mediodías el hombre recogía sus cartas, tomaba una botella de cerveza y salía al camino, insinuando un saludo, metiéndose sin apuros en el insoportable calor, atrayéndome un segundo con la ruina incesante de sus hombros, con lo que había de hastiado, heroico y bondadoso en su cuerpo visto de atrás en la marcha.

Acababa de terminar el carnaval cuando la mujer bajó del ómnibus, dándome la espalda, demorándose para ayudar al chico. No se detuvo junto al árbol ni buscó la figura larga y encogida del hombre; no le importaba que estuviera o no allí, esperándola. No lo necesitaba porque él ya no era un hombre sino una abstracción, algo más huidizo y sin embargo más vulnerable. Y acaso estuviera contenta por no tener que enfrentarlo enseguida, tal vez hubiera organizado las cosas para asegurarse esta primera soledad, los minutos de pausa para recapitular y aclimatarse. El chico tendría cinco años y no se parecía a ella ni a él; miraba indiferente, sin temor ni sonrisas, muy erguida la cabeza clara, recién rapada.

No era posible saber qué se traía ella detrás de los lentes oscuros; pero ahí estaba el niño, con las piernas colgando de la silla, y ahí estaba ella, acercándole el refresco, acomodándole el nudo de la corbata escocesa, aplastándole con saliva el pelo sobre la frente. No quiso reconocerme porque tenía miedo de cualquier riesgo imprevisto, de delaciones y pasos en falso; me saludó, al irse, moviendo lo indispensable la boca, como si los labios, los anteojos, la palidez, la humedad bajo la nariz, todo el cuerpo grande y sereno no fuera otra cosa que un delegado de ella misma, del propósito en que ella se había convertido, y como si considerara necesario mantener este propósito libre de roces y desgastes, sin pérdidas de lo que había estado reuniendo y fortificando para dar la batalla por sorpresa en el hotel viejo. Y acaso ni siquiera eso; acaso no me veía ni me recordaba y, en un mundo despoblado, en un mundo donde sólo quedaba una cosa para ganar o perder, persistiera, sin verdaderos planes, con sencillez animal, en la conservación apenas exaltada de la franja de tiempo que iba desde su encuentro en una sala de baile, en un reparto de medallas y copas, con el pívot de un equipo internacional de basketball, hasta aquella tarde en mi almacén, hasta momentos antes de colarse en una pieza de hotel, empujando con las rodillas al niño impávido para apelar, sucesiva, alternativamente, a la piedad, a la memoria, a la decencia, al sagrado porque sí.

Estábamos los tres en el almacén vacío, esperando que sonara la bocina del ómnibus para Los Pinos. Le miré los hombros redondos, la lentitud, protectora, casi irónica, de los movimientos con que atendía al chico e iba vaciando su propio vaso de naranjada. Comparé lo que podían ofrecer ella y la muchacha, inseguro acerca de ventajas y defectos, sin tomar partido por ninguna de ellas. Sólo que me era más fácil identificarme con la mujer de los anteojos, imaginarla entrando en la pieza del hotel, prever el movimiento de retención e impulso con que ella trataría de cargar persuasiones en el niño para lanzarlo enseguida hacia el largo cuerpo indolente en la cama, hacia la cara precavida y atrapada alzándose del desabrigo de la siesta, reivindicando su envejecido gesto de entereza desconfiada.

Entre las dos, hubiera apostado, contra toda razón, por la mujer y el niño, por los años, la costumbre, la impregnación. Una buena apuesta para el enfermero. Porque al día siguiente, en un paisaje igual, con idéntica luz que el anterior, vi la pequeña valija oscilando frente a la puerta del ómnibus, el mismo traje gris, el sombrerito estrujado por la mano enguantada, blanca.

Entró con la cabeza demasiado alta, aunque con aquella inclinación que la atenuaba, que parecía insinuar, engañosamente, la capacidad de separarse, sin verdadera lucha, de todo lo que viera o pensara. Me saludó como desafiándome y se mantuvo derecha frente al mostrador, la valija entre los zapatos, tres dedos de una mano hundidos a medias en el bolsillo de la chaqueta.

—¿Se acuerda usted de mí? —dijo, pero no era una pregunta—. ¿A qué hora tengo algo para el hotel viejo?

—Tiene una media hora de espera. Si prefiere, podemos tratar de conseguir un coche.

—Como la otra vez —comentó ella sin sonreír.

Pero yo no iba a llevarla, en todo caso. Tal vez haya pensado en la imposibilidad de repetir el primer viaje y la sorpresa, o en la melancolía de intentarlo. Ella dijo que prefería esperar y se sentó en la mesa que ya conocía; comió la comida del enfermero, queso, pan y salame, sardinas, todo lo que yo podía darle. Con un brazo apoyado en la reja, me miraba ir y venir, ensayaba conmigo la expresión tolerante y desplegada que había imaginado durante el viaje.

—Porque cuando llegue ya habrán almorzado —explicó, ayudándose a creer que un servicio de comedor a deshora era el trastorno más grave que llevaba al hotel.

Los escasos clientes entraban en la sombra, venían hacia mí y el mostrador con las cabezas inmóviles, los ojos clavados en mi cara; pedían algo en voz baja, despreocupados de que los entendiera o no, como si sólo hubieran venido para interrumpir mi vigilancia, y giraban enseguida para mirarla, curioseando en los platos colocados frente a la muchacha. Después me buscaban los ojos con aparatosa sorpresa, con burla y malicia; y todos, hombres y mujeres, sobre todo las inconformables, fatigadas mujeres que bajaban desde la sierra en la hora de la siesta, querían encontrar en mí alguna suerte de complicidad, la coincidencia en una vaga condenación. Era como si todos supieran la historia, como si hubieran apostado a la misma mujer que yo y temieran verla fracasar. La muchacha continuaba comiendo, sin esconder la cara ni ostentarla. Después encendió un cigarrillo y me pidió que me sentara a tomar café con ella.

De modo que pude jugar con calma a pronósticos y adivinaciones, preocuparme seriamente por sus defectos, calcular sus años, su bondad. "Estaría más cómodo si la odiara", pensaba. Ella me sonrió mientras encendía otro cigarrillo; continuaba sonriendo detrás del humo y de pronto, o como si yo acabara de enterarme, todo cambió. Yo era el más débil de los dos, el equivocado; yo estaba descubriendo la invariada desdicha de mis quince años en el pueblo, el arrepentimiento de haber pagado como precio la soledad, el almacén, esta manera de no ser nada. Yo era minúsculo, sin significado, muerto. Ella venía e iba, acababa de llegar para sufrir y fracasar, para irse hacia otra forma de sufrimiento y de fracaso que no le importaba presentir. Y debió darse cuenta de que yo respiraría mejor si pudiera odiarla; porque quiso ayudarme y continuó sonriéndome entre las frases inútiles, detrás de los dedos rígidos, que movían el cigarrillo, graduando según mi necesidad la sostenida sonrisa cínica, emocionante, el brillo hostil de los ojos.

Y acaso, según se me ocurrió después, no estuviera haciendo aquello —la sonrisa, la indolencia, el descaro— solamente para facilitar mi odio, mi comodidad, mi regreso a la resignación; acaso buscara también paralizar mi lástima en el contiguo futuro, en la hora de la derrota que yo había profetizado o en la de la otra, definitiva, lejana, más allá del orgullo, y que ella estaba atribuyendo, como una fatalidad, a su vida.

—Vivir aquí es como si el tiempo no pasara, como si pasara sin poder tocarme, como si me tocara sin cambiarme —estaba mintiendo yo cuando llegó el ómnibus.

Ella alisó un billete de diez pesos sobre la hoja de diario que hacía de mantel, volvió a ponerse los guantes y caminó hasta el mostrador con la liviana valija.

"No viene a quedarse", pensé mientras contaba el vuelto; "no trae nada más que ropa para una noche que no va a tener, siquiera. Sabe que viajó para oír una negativa, para ser razonable y aceptar, para permanecer en el resto del tiempo del hombre como un mito de dudoso consuelo." Apenas murmuró un saludo, con la sonrisa hacia el piso.

Continué viéndola y aún la recuerdo así: soberbia y mendicante, inclinada hacia el brazo que sostenía la valija, no paciente, sino desprovista de la comprensión de la paciencia, con los ojos bajos, generando con su sonrisa el apetito suficiente para seguir viviendo, para contar a cualquiera, con un parpadeo, con un movimiento de la cabeza, que esta desgracia no importaba, que las desgracias sólo servían para marcar fechas, para separar y hacer inteligibles los principios y los finales de las numerosas vidas que atravesamos y existimos. Todo esto frente a mí, al otro lado del mostrador, todo este conjunto de invenciones gratuitas metido, como en una campana, en la penumbra y el olor tibio, húmedo, confuso, del almacén. Detrás del chófer del ómnibus la muchacha había caminado copiando la inclinación de los hombros del ex jugador de basketball.

Entonces, aquella misma tarde o semanas después, porque la precisión ya no importa, porque desde aquel momento yo no vi de ellos nada más que sus distintos estilos de fracaso, el enfermero y la mucama, la Reina, empezaron a contarme la historia del epílogo en el hotel y en la casita. "Un epílogo", pensaba yo, defendiéndome, "un final para la discutible historia, tal como estos dos son capaces de imaginarlo."

Se reunían en el almacén, él y la mucama, todas las tardes, después del almuerzo. Podían verse en cualquier parte y a nadie en el pueblo o en el mundo le hubiera importado verlos juntos, ninguno habría pensado que no estaban hechos para encontrarse. Pero se me ocurre que el enfermero, o ella misma, la Reina, gruesa, con la boca entreabierta, con esos ojos fríos, inconvincentes, de las mujeres que esperaron demasiado tiempo, alguno de ellos supuso que agregaban algo si se citaban en la siesta en el almacén, si fingían —ante mí, ante los estantes, ante las paredes encaladas y sus endurecidas burbujas— no conocerse, si se saludaban con breves cabezadas y fraguaban miserables pretextos para reunirse en una mesa y cuchichear.

Debían sentirse muy pobres, sin verdaderos obstáculos, sin persecuciones creíbles; terminaban siempre por volver hacia mí las redondas caras sonrientes, cuidando no rozarlas; sospechaban que yo hubiera apostado por la mujer ancha de los anteojos oscuros y se dedicaban a su defensa, a la cuidadosa, solidaria enumeración de las virtudes que ella poseía o representaba, de los valores eternos que la más vieja de las dos mujeres había estado vindicando, durante cuarenta y ocho horas, en el hotel y en la casita.

—Habría que matarlo —decía la mucama—. Matarlo a él. A esa putita, perdóneme, no sé qué le haría. La muerte es poco si se piensa que hay un hijo.

—Un hijo de por medio —confirmaba el enfermero; pero me sonreía dichoso, vengativo, seguro de mi imposibilidad de disentir—. Usted la llevó al hotel aquella noche de fin de año. Claro que no podía imaginarse.

—¡Cómo iba a saber! —chillaba ella con escándalo, buscando mis ojos para absolverme.

Yo les escuchaba contar y reconstruir el epílogo; pensaba en el pedazo de la tierra, alto, quebrado, en que estábamos viviendo, en las historias de los hombres que lo habían habitado antes que nosotros; pensaba en los tres y el niño, que habían llegado a este pueblo para encerrarse y odiar, discutir y resolver pasados comunes que nada tenían que ver con el suelo que estaban pisando. Pensaba en estas cosas y otras, atendía el mostrador, lavaba los vasos, pesaba mercaderías, daba y recibía dinero; era siempre en la tarde, con el enfermero y la Reina en el rincón, oyéndolos murmurar, sabiendo que se apretaban las manos.

Cuando la muchacha llegó al hotel, el hombre, la mujer y el niño estaban todavía en el comedor, callados, revolviendo las tazas del café. Ella, la mujer, levantó la cabeza y la vio. La otra se había detenido a dos mesas de distancia, con la valija que no quiso dejar en la portería, proclamando con su sonrisa alta y apenas arrogante, con la calma de los ojos chatos, que no quería herir ni ser herida, que no le importaba perder o ganar, y que todo aquello —la reunión del triunvirato en las sierras, las previsibles disputas, las ofertas de sacrificio— era, acababa de descubrirlo, grotesco, vano, sin sentido, como tendría que ser injusto cualquier acuerdo a que llegaran. Sin embargo, a pesar de la mansa displicencia con que miraba las mesas vacías, las copas manchadas y las servilletas en desorden, fingía —y esto era para Reina repugnante e inexplicable— no haber distinguido el grupo macilento, retrasado sobre los pocillos de café tibio.

—Ganaba tiempo, hasta ella misma se avergonzaba viendo la criatura.

La mujer la vio detenerse, avanzar sin ganas, y la reconoció enseguida. Nunca había visto una foto suya, nunca logró arrancar al hombre adjetivos suficientes paro construirse una imagen de lo que debía temer y odiar. Pero, de todas maneras, manejó caras, edades, estaturas; y los perecederos conjuntos que logró alzar, los cambiantes blancos para el rencor —que eran, simultáneamente, fuentes de autopiedad, de un resucitado, invertido orgullo de noviazgo y luna de miel— no podían ser relacionados con la muchacha que acercaba a la mesa su sonrisa diagonal e intimidada. El hombre se alzó, las espaldas más tristes y disminuidas, las yemas de los diez dedos en el mantel, colgándole de los labios el lento cigarrillo que se concedía en las sobremesas y que no atinó a desprender. Murmuró un nombre, nada más, no dijo palabras de bienvenida o presentación; y no volvió a sentarse porque la muchacha no lo hizo: se quedó de pie, alta sobre los vidrios oscuros y la boca oscura de la otra, sobre la curiosidad parpadeante del niño, sin necesitar ya su sonrisa, pensativa, liberada de promesas, frente al borde del mantel cuadriculado de los almuerzos como había estado una hora antes frente a mí y al mostrador, con una punta de la valija apoyada en una silla para soportar la brusca invasión del cansancio.

La mujer olvidó las anticipaciones que había construido, recordó haber imaginado a la muchacha exactamente como era, reconoció la edad, la transitoria belleza, el poder y la falsedad de la expresión honrada y candorosa. Estuvo, nuevamente, odiándola, sin esforzarse, guiada por una larga costumbre, asistida por la repentina seguridad de haberla odiado durante toda su vida.

La mujer dejó caer en el café lo que quedaba de su cigarrillo y fue bajando la cabeza; se miró la mano con los anillos y acarició al niño, sonriéndole, removiendo los labios con sonidos que no trataban de formar palabras, como si estuviera a solas con él. Entonces el hombre, largo, doblado, se animó a despegar las manos del mantel, a quitarse el cigarrillo de la boca y a ofrecer una silla a la muchacha. Pero ella, prestando ahora su cara a una sonrisa que nada tenía que ver con la arrogancia, con el desdén ni con el amor, sin mirar los ojos del hombre, apartó la valija del asiento y recorrió de vuelta el camino que había hecho entre las mesas.

—Yo no le dije que viniera aquí —explicó el hombre, sin emoción—. No al hotel.

—Gracias —dijo la mujer; acariciaba el pelo del niño, le sujetaba una mejilla con dos nudillos—. Es lo mismo, aquí o en otra parte. ¿No es lo mismo? Además, ¿no habíamos decidido ya? A veces olvidamos de quién es el dinero. Debías haberla invitado a comer. —Lo miró, demostrando que podía sonreír. Con la boca abierta, adormecido, el niño hipó, estremeciéndose; la mujer le secó el sudor bajo la nariz y en la frente.

La muchacha había atravesado la penumbra del bar, frente al mueble cargado de llaves de la portería, lenta, definitivamente de espaldas al comedor. Se detuvo en la terraza para cambiar de mano la valija y empezó a bajar la escalinata. No era capaz de llorar entonces, no evidenciaba la derrota ni el triunfo mientras iba descendiendo, paso a paso, ágil y sin prisa. El ómnibus de Junquillo se detuvo frente al hotel y el chófer llamó con la bocina; un hombre bajó para estirar las piernas y estuvo paseándose, ida y vuelta, pequeño, abstraído, con un poncho rojizo colgado de un hombro. Tal vez ella mirara los chiquilines oscuros, en harapos, que corrían por la cancha de fútbol.

—Y él estuvo un momento sin saber qué hacer, hay que decirlo, no salió corriendo como loco atrás de ella —contaron la mucama y el enfermero—. Se quedó mirando en el comedor vacío a la mujer y al hijito que parecía enfermo. Hasta que la otra pudo más que la vergüenza y el respeto y dijo cualquier cosa y salió atrás, lento como siempre, cansado. Tal vez haya pedido perdón. La alcanzó frente al ómnibus, le agarró un brazo y ella no movió siquiera la cabeza para saber quién era.

Discutieron bajo el sol, detenidos, mientras el peón del hotel corría hasta el ómnibus, cargado con paquetes. Y cuando el coche aflojó los frenos y empezó a bajar hacia mi almacén, ella empezó a reírse y se dejó sacar la valija. Tomados de la mano, despaciosos, subieron el camino de la sierra, costearon la cancha de fútbol que empezaba a rodear el público, doblaron allá arriba, en la esquina del dentista, y siguieron zigzagueando hasta la casita de las portuguesas. El hombre se demoró en la galería, estuvo mirando desde allí el río seco, las rocas, el vaciadero de basuras del hotel; pero no entró;

le vieron abrazarla y bajar la escalera de la galería. Ella cerró la puerta y volvió a abrirla cuando el hombre estaba lejos; pudo verlo hasta que se perdió atrás de las oficinas de la cantera, volvió a descubrirlo, pequeño, impreciso; al costado de la cancha y en el camino.

Imaginé al hombre cuando bajaba trotando hacia el hotel, después del abrazo; consciente de su estatura, de su cansancio, de que la existencia del pasado depende de la cantidad del presente que le demos, y que es posible darle poca, darle ninguna. Bajaba la sierra, después del abrazo, joven, sano, obligado a correr todos los riesgos, casi a provocarlos.

—No estaban. Cuando él volvió la señora se había retirado con el chico y el chico estuvo pataleando en la escalera. La puerta de la habitación estaba cerrada por dentro; así que el hombre tuvo que golpear y esperar, sonriendo para disimular a cada uno que pasaba por el corredor; hasta que ella se despertó o tuvo ganas de abrirle —contaron—. Y el doctor Gunz insistió en decir que no había visto nada aunque estaba en el comedor cuando llegó ella con la valija; pero no tuvo más remedio que decir, palabra por palabra, que el tipo debió haberse metido en el sanatorio desde el primer día. Tal vez así pudiéramos tener esperanzas.

Y él golpeó, largo y sinuoso contra la puerta, avergonzado en la claridad estrecha del corredor que transitaban mucamas y las viejas señoritas que volvían del paseo digestivo por el parque; y estuvo, mientras esperaba, evocando nombres antiguos, de desteñida obscenidad, nombres que había inventado mucho tiempo atrás para una mujer que ya no existía. Hasta que ella vino y descorrió la llave, semidesnuda, exagerando el pudor y el sueño, sin anteojos ahora, y se alejó para volver a tirarse en la cama. Él pudo ver la forma de los muslos, los pies descalzos, arrastrados, la boca abierta del niño dormido. Antes de avanzar pensó, volvió a descubrir, que el pasado no vale más que un sueño ajeno.

—Sí, es mejor acabar enseguida —dijo al sentarse en la cama, sin otro sufrimiento que el de comprobar que todo es tan simple—. Tenía razón, es absurdo, es malsano.

Después cruzó los brazos y estuvo escuchando con asombro el llanto de la mujer, entristeciéndose, como si se arrepintiera vagamente no de un acto, sino de un mal pensamiento, sintiendo que el llanto lo aludía injustamente. Estaba encogido, sonriendo, dejándose llenar por la bondad hasta que resultara insoportable. Palmeó con entusiasmo la cadera de la mujer:

—Me voy a morir —explicó.

El final de la tarde está perdido; es probable que él haya intentado poseer a la mujer, pensando que le sería posible transmitirle los júbilos que rescatara con la lujuria. Cuando llegó la noche, el hombre bajó de la habitación y se puso a bromear con el portero y el encargado del bar.

—Bajó vestido como siempre, con ese traje gris que no es de verano ni de invierno, con cuello y corbata y los zapatos brillantes. No tiene otro traje; pero parecía que acababa de comprar todo lo que llevaba puesto. Y era como si no hubiera sucedido nada en el almuerzo, como si la muchacha no hubiera llegado y nadie supiera lo que estaba pasando. Porque, lo que nunca, bajó alegre y conversador, le hizo bromas al portero y obligó al encargado del bar a que tomara una copa con él. Es de no creer. Y saludaba con una gran sonrisa a cada uno que llegaba para la comida. Si hasta no sé quién le preguntó a Gunz si lo había dado de alta.

Pusieron una mesa en la terraza para la comida y acababan de sentarse cuando la muchacha trepó la escalinata y se les acercó, perezosa, amable. Le dio la mano a la mujer y comió con ellos. Los oyeron reír y pedir vinos. La mujer ancha se había desinteresado del niño y era la otra, la muchacha, la que movía regularmente una mano para acariciarle el pelo sobre la frente.

Pero hay el par de horas que pasaron desde que el hombre bajó de la habitación hasta que el mozo vino a decirle que la mesa estaba pronta en la terraza y él se enderezó en el mostrador del bar para ofrecer el brazo a la mujer de los anteojos. El par de horas y lo que él hizo en ellas para reconquistar el tiempo que había vivido en el hotel, para cargarlo, en el recuerdo de los demás, con las expresiones de interés y las simples cortesías que lo harían soportable, común, confundible con los tiempos que habían vivido los otros. Todo lo que el hombre produjo y dispersó en dos horas, de acuerdo con ellos y para que ellos lo fueran distribuyendo en los meses anteriores: las sonrisas, las invitaciones y los saludos estentóreos; las preguntas inquietas, de perdonable audacia, sobre temperaturas y regímenes, los manotazos en las espaldas de los hombres, las miradas respetuosas y anhelantes a las mujeres. Hizo caber, también, la corta comedia, las piruetas en beneficio de los que bebieron con él en el bar, la repentina gravedad, la mano alzada para suplicar complicidad y silencio, la mirada de alarma y respeto al doctor Gunz —que acababa de entrar en el hall y reclamaba los diarios de la tarde mientras se desabrochaba el chaleco—, los pasos rápidos y sigilosos hasta la balanza, el largo cuerpo totalmente erguido, remozado, inmóvil sobre la plataforma. “Setenta y cinco”, anunció con alivio al acomodarse de nuevo en el mostrador del bar. Es seguro que mentía. “Puedo tomar otra.”

Todos reían y él mostraba agradecimiento; mantuvo su sonrisa mientras le devolvían parte de los golpes que había estado sembrando en las espaldas, mientras pensaba admirado en la facilidad de los hombres para espantarse de la muerte, para odiarla, para creer en escamoteos, para vivir sin ella. Tanto daba desesperarse o hacer el payaso, hablar de política o rezar mentalmente las palabras extranjeras de las etiquetas de las botellas en el estante. Y como estaba pagando sin avaricias, con prisa y obstinación, las deudas que había ido amontonando desde el día de su llegada, pidió permiso a los bustos que se inclinaban sobre los avisos de turismo sujetos por el vidrio del mostrador, y se acercó, con un vaso lleno en la mano, a la mesa de mimbre donde el doctor Gunz leía noticias de fútbol y el enfermero anotaba en una libreta las inyecciones que se había asegurado para su recorrida nocturna.

—Me gustaría que lo hubiera visto. A mí me costaba trabajo convencerme de que era el mismo.

Estaba, sosteniendo el vaso con sus dedos torpes, exhibiendo el brillo de la corbata y la camisa de seda —“como si fuera la noche más feliz de su vida, como si estuviera festejando”—, sonriendo con alerta docilidad al bigote rubio de Gunz, al brillo dorado de sus anteojos, a las palabras rápidas, gangosas, que el médico le iba diciendo.

—Y yo iba y venía, llevando la mantelería y los platos al comedor, porque, la casualidad, la otra empleada está enferma o lo dice. Y venía cargada desde la administración y pasaba entre el mostrador del bar y la mesa donde éstos estaban, antes de que bajara la señora con el chico, que un rato antes me había pedido agua mineral y aspirinas. Y lo veía, de espaldas, con la cabeza muy peinada, hamacándose en el sillón, riéndose a veces, tomando del vaso que tenía siempre en la mano. Y era como si charlaran de cualquier cosa, de la lluvia o del pozo en la cancha de tenis.

Desde la misma ola incontenible de gozo y amistad que había estado alzando para todo el mundo, consultó al médico sobre esperanzas razonables, sobre meses de vida. Y en este momento tuvo que hacerse más visible, más ofrecida —no para Gunz, ni para el enfermero, ni para los atareados viajes de la mucama— la ironía sin destino contenida en su veloz campaña de recuperación del tiempo, en el intento de modificación del recuerdo llamativo, desagradable, que había impuesto a la gente del hotel y del pueblo. En la sonrisa con que escuchaba a Gunz, estaría, exhibida, casi agresiva, la incredulidad esencial que yo le adiviné a simple vista, la soñolienta ineptitud para la fe que hubo de descubrirse con la primera punzada en la espalda y que había decidido aceptar totalmente en la jornada que atestiguaban la mucama y el enfermero.

—Pero quién lo agarra descuidado a Gunz. Habló de curación total, como siempre; le dijo que desde el principio le había aconsejado meterse en el sanatorio para una curación total. Y el tipo, que ya debía estar borracho, pero no perdía su línea de conducta, se reía diciendo que no podía soportar la vida en un sanatorio. Y cuando la mujer apareció, con el chico en brazos, en la escalera, él nos empezó a hablar de un partido con los norteamericanos, que alguien dijo que se había perdido por su culpa, y de cómo apenas pudo no llorar cuando le acercaron el micrófono al final del partido. Se despidió y volvió al mostrador del bar; dejó que la mujer pasara con el chico a sus espaldas y saliera a la terraza. Fui a preguntarle al barman si tenía algún llamado para mí, y él estaba contando la misma historia del partido de basketball con los norteamericanos, ahora letra por letra, gol por gol.

"Cuando subí al cuarenta para llevar las aspirinas y el agua mineral ella me atendió con mucho cariño. El chiquillo estaba parado en una silla, cerca de la ventana, miraba para afuera y llamaba a un gato. Ella me ayudó a poner la bandeja encima de la mesa y me dijo, me acuerdo, que era una gran idea usar zapatos de goma. Le dije que eran muy descansados, pero que me hacían muy baja. Estaba en enaguas, sin lentes, y tiene los ojos muy grandes y verdes, con ojeras. La sentía mirarme mientras destapaba la botella, apoyada en la pared, los brazos cruzados, casi agarrándose los hombros. Como si fuéramos amigas, como si yo hubiera subido al cuarenta a contarle algo que no me animaba y ella esperara. Y cuando me iba me llamó moviendo un brazo y me dijo, sin burlarse: "Si usted me viera, así, como ahora, sin saber nada de mí... ¿Le parece que soy una mala mujer?" "Por favor, señora", le dije. "En todo caso, la mala mujer no es usted."

¿Por qué había elegido él, entre todas las cosas que no le importaban, la historia del partido de básquet? Lo veía enderezado en el taburete del bar, dispersando a un lado y otro el insignificante relato de culpa, derrota y juventud. Lo veía eligiendo, como lo mejor para llevarse, como el símbolo más comprensible y completo, la memoria de aquella noche en el Luna Park, el recuerdo infiel, tantas veces deformado, de bromas de vestuario, de entradas revendidas a cien pesos, de la lucha, el sudor, el coraje, los trucos, la soledad en el desencanto, el deslumbramiento bajo las luces, en el centro del rumor de la muchedumbre que se aparta ya sin gritos.

Tal vez no haya estado eligiendo un recuerdo sino una culpa, vergonzosa, pública, soportable, un daño del que se reconocía responsable, que a nadie lastimaba ahora y que él podía revivir, atribuirse, exagerar hasta convertirlo en catástrofe, hasta hacerlo capaz de cubrir todo otro remordimiento.

—Comieron en la terraza, como grandes amigos, como si formaran, los cuatro, una familia unida, cosa que poco se ve. Y cuando terminó la comida el tipo acompañó a la muchacha hasta el chalet y la mujer bajó la escalinata, cargada con el chico, para acompañarlos hasta los portones del hotel. Después de acostar a la criatura volvió al comedor y pidió una copita de licor. Estuvo esperando hasta que a Gunz lo dejaron solo; entonces lo hizo llamar y conversaron como media hora, el tiempo que demoró el tipo en ir y volver.

Ella no estaba triste ni alegre, parecía más joven y a la vez más madura cuando el hombre los descubrió desde la puerta del comedor y se fue acercando, erguido, escuálido, con la cara burlona y alerta. Gunz habló todavía unos minutos, lento, pensativo, mientras se limpiaba los anteojos. La mano de la mujer restregaba la del hombre, cuidadosa, innecesaria. Debajo de la mentira, de la reacción piadosa, estaban en ella el asombro y la curiosidad. Examinaba al hombre como si Gunz acabara de presentárselo luego de hacerle oír una corta biografía que rebasaba el presente, una historia profética y creíble que alcanzaba a cubrir algunos meses colocados más allá de aquel minuto, de aquella coincidencia. Nunca había dormido con él, ignoraba sus costumbres, sus antipatías, el sentido de su tristeza.

Gunz se fue y ellos bebieron un poco más, silenciosos, separados para siempre, ya de acuerdo. Y cuando subieron la escalera para acostarse, ella se sentía obligada a caminar apoyada en la establecida fortaleza del hombre, imaginando y corrigiendo la sensación que podían dar sus dos cuerpos, paso a paso, al sereno y a los que quedaban bostezando en el bar, descubriendo —con un tímido entusiasmo que no habría de aceptar nunca— que nada permanece ni se repite.

—Pero si lo de aquella noche —insistía el enfermero—, ya era bastante raro: las dos mujeres como amigas de toda la vida, el beso que se dieron al despedirse, lo que sucedió al otro día es para no creer. Porque después del almuerzo fue ella la que hizo, sola, el camino hasta el chalet con un paquete que debía ser de comida. El tipo se quedó con el chico, y se lo llevó a pasear al lugar más lindo que encontró en todo este tiempo: el depósito de basura. Se tiró en camisa al sol, con el sombrero en la cara, arrancando sin mirar yuyos secos que masticaba mientras el chico se trepaba por las piedras. Podía resbalar y romperse el pescuezo. Y el tipo, véalo, tirado al sol, con el saco por almohada, el sombrero en los ojos, casi al lado del montón de papeles, frascos rotos, algodones sucios, como un cerdo en su chiquero, sin importarle nada de nada del chico, de lo que podían estar hablando las mujeres allá arriba. Y cuando empezó a enfriar, el chico, con hambre o aburrido, vino a sacudirlo hasta que el tipo se levantó y se lo puso en los hombros para llevarlo de vuelta al hotel. A eso de las cinco llegó ella; parecía más flaca, más vieja y se quedó sola en el bar tomando una copa, con la cara en una mano, sin moverse, sin ver. Después subió y tuvo la gran discusión.

—No una discusión —corrigió la Reina con dulzura—. Yo estaba haciendo una pieza enfrente y no tuve más remedio que escucharlos. Pero no se oía bien. Ella dijo que lo único que querría era verlo feliz. El tampoco gritaba, a veces se reía, pero era una risa falsa, rabiosa. "Gunz te dijo que me voy a morir. Es por eso. El sacrificio, la renuncia." Aquí ella se puso a llorar y enseguida el chico. "Sí", decía él, sólo por torturar; "estoy muerto, Gunz te lo dijo. Todo esto, un muerto de un metro ochenta, es lo que le estás regalando. Ella haría lo mismo, vos aceptarías lo mismo."

—No es que lo defienda —dijo el enfermero—; pero hay que pensar que estaba desesperado. No se puede negar que hubo un arreglo entre ellas, y aunque esto era lo que él andaba queriendo, cuando la cosa se produjo vio la verdad. Claro que él ya la sabía, la verdad. Pero siempre es así. Usted la vio venir con el chico y tomar el ómnibus; casi seguro que esta vez se fue para siempre.

Ellos están viviendo en el chalet; les llevan la comida desde el hotel y no salen nunca. Sólo los ven alguna vez, de noche, fumando en la galería. Y Gunz me dijo que la cosa va a ser rápida, que ya ni metiéndolo en el sanatorio.

Ella pasó, es cierto, por el almacén, cargada con el niño, sin entrar, eligiendo la sombra del árbol para esperar el ómnibus. Desde el mostrador, enjuagando un vaso, la miré como si la espiara. Le hubiera ofrecido cualquier cosa, lo que ella quisiera tomar de mí. Le hubiera dicho que estábamos de acuerdo, que yo creía con ella que lo que estaba dejando a la otra no era el cadáver del hombre sino el privilegio de ayudarlo a morir, la totalidad y la clave de la vida del tipo.

Los otros siguieron encerrados en la casita hasta principios del invierno, hasta unos días después de la única nevada del año. No llegaron más cartas; sólo un paquete con la leyenda "Ropa usada".

Andrade, de la oficina de alquileres, fue cuatro veces a visitarlos y siempre lo atendió la muchacha; amable y taciturna, ignorando la curiosidad del otro, haciendo inservibles los pretextos para demorarse que Andrade había ido fabricando en el viaje en bicicleta. Era el primer día de un mes, los golpes en la puerta sólo podía darlos Andrade. Ella salía enseguida, como si hubiera estado esperando, con su tricota oscura, los pantalones arrugados, con los veloces, exactos movimientos de su cuerpo de muchacho; saludaba, cumplía en silencio el cambio del dinero por el recibo y volvía a saludar. Andrade montaba en la bicicleta y regresaba viboreando hasta su oficina o continuaba recorriendo las casas de la sierra que administraba, pensando en lo que había visto, en lo que era admisible deducir, en lo que podía mentir y contar.

El mismo día de la partida de la mujer con el niño, el hombre pagó su cuenta en el hotel y se fue. De modo que ya no era, para los pasajeros, uno de ellos; las cortesías, las similitudes que había prodigado en la última noche empezaron a ser olvidadas desde el momento en que bajó la escalinata guardándose el recibo, el impermeable al hombro, repartiendo con postrer entusiasmo saludos silenciosos, moviendo de un lado a otro su sonrisa. Los clientes de Gunz y de Castro volvieron a individualizar enseguida, con más exasperación que antes, cada una de las cosas que los separaban del hombre; y sobre todo, volvieron a sentir la insoportable insistencia del hombre en no aceptar la enfermedad que debía hermanarlo con ellos.

No podían dar nombre a la ofensa, vaga e imperdonable, que él había encarnado mientras vivió entre ellos. Concentraban su furia en la casita de las portuguesas, visible cuando reposaban en la terraza o cuando paseaban por el parque y a la orilla del arroyo. Y dos veces por día, hasta que las noches se alargaron y del segundo viaje sólo podían conocer el prólogo, podían festejar la perduración de su odio viéndolo renovarse por las caminatas del peón del hotel, cargado con la vianda, un diario bajo el brazo, hasta la casita blanca y roja que fingían suponer clausurada por la vergüenza. Controlaban los pedidos de botellas que transmitía el peón al administrador y ocupaban sus horas suponiendo escenas de la vida del hombre y la muchacha encerrados allá arriba, provocativa, insultantemente libres del mundo.

El enfermero había estado hablando de escándalo y afrenta pública; era casi de noche cuando encendí las lámparas y encargué a Levy chico que atendiera el almacén mientras yo cruzaba a tomar un trago y charlar de muertes, curaciones y tarifas con el gerente del Royal. Salí al frío azul y gris, al viento que parecía no bajar de la sierra, sino formarse en las copas de los árboles del camino y atacarme desde allí, una vez y otra, casi a cada paso, enconado y jubiloso. Iba cabizbajo, oyendo un motor que se entrecortaba sobre la fábrica de aviones, pronosticando que el gerente del Royal me anunciaría, con falsa aprensión, con infantil esperanza, un invierno de nieve, de caminos bloqueados, cuando divisé los intermitentes círculos de la luz sobre la tierra del camino. Me detuve, la luz amarilla de la linterna se abrió en mi cara y escuché la risa; era un sonido seco, intencionado, ejercido para el reto. El hombre volvió a poner la luz en el suelo, miró hacia las nubes, y la apagó.

—La traía para la vuelta —dijo—. La descubrí en el garaje. Es un encuentro casual, porque usted se iba. Pero venía a buscarlo. Quiero decir, tengo que hablar con usted y negociar.

Estaba inmóvil, altísimo, de espaldas a la última barra de claridad de la sierra, negro y despeinado. El viento sacudía su abrigo y lo hacía restallar con un sonido confundible con el de la tos, muy espaciada, que el hombre protegía alzando la mano y la linterna.

—No lo había conocido —dije, sin saber si debía ofrecerle la mano, pensando velozmente en su historia—. Vamos al almacén, ¿quiere? Por lo menos allí no hay viento.

Me seguía sin palabras, pisando como si tratara de aplastar. "Es la primera vez que habla —pensé al entrar en el almacén—; todo lo anterior fueron monosílabos, gruñidos, gestos, una sola palabra. Está borracho, pero no de alcohol, y necesita seguir hablando, como si se despeñara y quisiera terminar cuanto antes."

Entré restregándome las manos, desprendiéndome la ropa, aunque el frío y algo de viento también estaban en el negocio. No quise volverme a mirarlo. Le golpeé el hombro a Levy chico que estaba boquiabierto, extático, con la gorra hasta los ojos, detrás del mostrador. Nos quedamos solos y llené dos vasos con vermouth. Él apartó la mano de la reja de la ventana y vino hacia mí, sonriendo con los brazos separados del cuerpo, balanceando la larga linterna niquelada. Se inclinó para dominar la tos y volvió a sonreír, enrojecido, lacrimoso.

—Perdón —murmuró—. Si no le molesta, prefiero caña.

Le serví lo que pedía y dije "Salud" antes de beber, sin haberlo mirado todavía. Comencé por examinar el sobretodo, negro, viejo, demasiado holgado, con botones muy grandes y un cuello de terciopelo, casi nuevo.

—Usted salía —dijo—. No quiero que por mí... Es un minuto. —Se detuvo y miró alrededor, serio, extrañado, inquisitivo. Volvió a girar la cabeza, más tranquilo, alzó la copa y la vació. Me miraba sin que le importara verme, el labio levantado y fijo. Tocaba el mostrador con la punta de los dedos, para mantenerse recto, dentro del sobretodo negro, oloroso, anacrónico; exhibía los huesos velludos de las muñecas e inclinaba la cabeza para mirarlos, alternativamente, compasivo y con cariño;

aparte de esto, no era nada más que pómulos, la dureza de la sonrisa, el brillo de los ojos, activo e infantil. Me costaba creer que pudiera hacerse una cara con tan poca cosa: le agregué una frente ensanchada y amarilla, ojeras, líneas azules a los lados de la nariz, cejas unidas, retintas.

—Deme otra copa —dijo—. Es muy simple, nos cortaron los víveres. Lo pudieron soportar sólo unos meses; pero yo me atrasé, no fui capaz de reventar a tiempo, dentro de los límites de la decencia, como ellos esperaban. Aquí estoy, todavía, tosiendo y de pie. Yo soy así, hago proyectos, creo en ellos, llego hasta jurar, y después no cumplo. No quiero aburrirlo, perdone. Entonces, justamente hoy, en el hotel, se les acabó la paciencia. A mediodía el empleado nos trajo la vianda y dijo que no iba a volver. Le daba mucha vergüenza, estuvo rascando el piso con el pie, hasta es posible que nos tuviera lástima. Le pagamos y le regalamos dinero. Y ella, a escondidas, salió a la galería para que yo no la viera llorar. Está mal, claro; ella se había hecho responsable de mi curación, de mi felicidad. Heredó un dinero de la madre y tuvo el capricho de gastarlo en esto, en curarme. En fin, estuvimos de acuerdo en que es necesario que sigamos comiendo hasta que yo reviente. Así que vine a verlo, a preguntarle si puede hacernos llegar comida, una o dos veces por día, y por poco tiempo. No porque piense morirme; pero puede ser que pronto nos vayamos.

Le dije que sí, mintiendo, porque no sabía cómo conseguirles sus dos comidas diarias, preguntándome por qué recurrían a mí y no a cualquier otro hotel o pensión. Él estaba contra el mostrador, perfilado y torpe, jugando con la luz de su linterna porque no se le ocurría una frase para despedirse. Serví otra vuelta, imaginé que la muchacha allá arriba aprovecharía su ausencia para llorar un poco más.

Una vieja de la sierra había contado que se acercó un domingo a la casita para pedir fósforos, que una ventana estaba abierta y que el hombre, solo, de pie, desnudo, se miraba en el espejo de un armario; movía los brazos, adelantaba una sonrisa curiosa, de leve asombro. Y no era, reconstruía yo, no había sido que terminaron de agitarse en la cama y el hombre fue atrapado por el espejo al pasar. Se había desnudado lentamente frente al armario para reconocerse, esquelético, con manchas de pelo que eran agregados convencionales y no intencionadamente sarcásticas, con la memoria insistente de lo que había sido su cuerpo, desconfiado de que los fémures pudieran sostenerlo y del sexo que colgaba entre los huesos. No solamente flaco en el espejo, sino enflaqueciendo, a poco que se animara a mirar y medir.

Sacudió una mano en el bolsillo del sobretodo pero yo hablé antes de que la sacara.

—No es nada. Invito yo. Queda arreglado, comida para dos, dos veces al día.

Golpeó la pared con la luz de la linterna y sonrió, con un lento orgullo, como si acabara de acertar.

—Gracias. Lo que nos mande estará bien. Ya no vienen cartas. La verdad es que yo pedí que no escribiera.

Se movió para enfrentarme, ofreció la cara, mantuvo, más amplia, la sonrisa negativa. Estaba envejecido y muerto, destruido, vaciándose; pero, sin embargo, más joven que cualquier otra vez anterior, reproduciendo la cabeza que había enderezado en la almohada, en la adolescencia, al salir de la primera congestión. Convirtió en ruido su sonrisa y me tendió la mano; lo vi cruzar la puerta, atrevido, marcial, metiendo a empujones en el viento el sobretodo flotante que alguna vez le había ajustado en el pecho; lo vi arrastrar, ascendiendo, la luz de la linterna.

No volví a verlos durante quince o veinte días; les llevaban viandas desde el Royal y ahora era él quien recibía al mandadero —Levy chico— y le pagaba diariamente.

La muchacha resurgió, en los chismes del enfermero, bajando la sierra un anochecer para buscar a Gunz en el hotel e instalarse en la terraza a esperarlo, sonriente y silenciosa con los mozos, con los pasajeros que podían reconocerla. En la versión del enfermero, Gunz alzó los hombros y dijo que no; después estuvo cuchicheando, con la cabeza inclinada hacia ella y la mesa; por encima del cuerpo del médico la muchacha miraba a lo lejos como si estuviera sola. Finalmente dio las gracias y ofreció pagar las tazas de café; Gunz la acompañó hasta los portones del hotel y se quedó un rato con las manos en los bolsillos del pantalón, viéndola alejarse y subir, el chaleco hinchado avanzando en la primera sombra.

En la historia de la mucama —ya no iba a casarse con el enfermero, llegaba al almacén sola y en las horas en que no podía encontrarlo— la muchacha bajó una noche para arrancar a Gunz de la cama y mostró a los que charlaban soñolientos en el bar una cara donde había más susto que tristeza. Gunz, sin entusiasmo, aceptó por fin subir hasta el chalet apretando un brazo de la muchacha.

Volví a verlos, por sorpresa, antes de que la mucama o el enfermero pudieran informarme que se iban. Eligieron la mañana, entre las seis y las siete, para llegar juntos al almacén, solitarios en el frío, cada uno con su valija.

—Otra vez —dijo el hombre, irguiéndose.

Se sentaron junto a la ventana y me pidieron café. Ella, adormecida, me siguió por un tiempo con una sonrisa que buscaba explicar y ponerla en paz. Les miré los ojos insomnes, las caras endurecidas, saciadas, voluntariosas. Me era fácil imaginar la noche que tenían a las espaldas, me tentaba, en la excitación matinal, ir componiendo los detalles de las horas de desvelo y de abrazos definitivos, rebuscados.

Envuelta en el abrigo, en lanas tejidas, con un gorro azul de esquiador, la muchacha parpadeaba mirando hacia afuera; tenía la cara redonda, aniñada, indagadora. Con un enorme reloj bailándole en la muñeca, el hombre abría una mano agrandada para sujetarse la mandíbula, solo y deslumbrado frente a su taza vacía. El vapor nublaba la mañana de atrás de los vidrios y las rejas; el sol se mostraba entrecortado, el frío se estaba haciendo palpable en el centro del piso de tierra del almacén.

—Nos vamos al sanatorio —dijo el hombre cuando me acerqué a cobrar porque había sacudido un billete en el aire; la muchacha arrugó la nariz y la boca para decir algo, pero continuó mirando la mañana enrejada—. Ayer le dije al chico; de todos modos, quería avisarle que se acabó. Y darle las gracias.

Me apoyé en la mesa y cumplí una buena farsa, pidiéndole que perdonara la calidad de la comida, como si yo la hubiera cocinado. Alguno, Mirabelli por la hora, pasó guiando una vaca con cencerro; ella tenía la nuca en el brazo del hombre, escuchaba los pájaros, los primeros motores, el final de su noche.

—El doctor Gunz dice que es seguro —me contaba el hombre desde el hueco de la mano, con una sonrisa desidiosa y alertada, con una voz que no podría despertar a la muchacha si durmiera—. Tres meses de sanatorio, un régimen de cuartel.

—Gunz es muy buen médico. Y tiene mucha experiencia.

—Mucha experiencia —repitió lentamente, divirtiéndose; miraba hacia el centro del salón, justamente el lugar donde yo sentía amontonarse el frío; ahora la cara le cabía en la mano, las puntas de los dedos tocaban los pelos largos y desparejos sobre la sien—. Y después, empezar de nuevo. ¿Se da cuenta? Sólo tres meses; y aunque fueran seis.

Me pareció que no había alzado la voz, pero ella dejó de mirar la nube acuosa de la ventana y puso los ojos, como el hombre, en el centro del piso del almacén. El primer cliente verdadero entró un saludo ronco e indirecto, el roce tristón de las alpargatas; llevaba boina, bigotes largos, un pañuelo de luto. La mano de la muchacha recorrió el pecho del hombre, fue subiendo hasta apretar los dedos gigantescos que sostenían la cabeza.

Friolento, carraspeando, el hombre del pañuelo negro planchó un billete sobre el mostrador y me pidió ginebra. Mientras llenaba el vasito vi acercarse la camioneta del sanatorio, recién pintada, balanceándose con suavidad. La muchacha y el hombre adivinaron y se fueron alzando con trabajo, entumecidos; no me saludaron al irse; él cargaba las dos valijas, ella se puso a bromear con el chofer que había descendido del coche y apretaba contra el vientre la gorra con visera y leyenda.

Tres meses, había mentido Gunz, seis meses, había admitido el hombre. Los imaginaba inmóviles en camas blancas de hierro, allá arriba, depositados provisoriamente en una habitación del sanatorio, narices y mentones apuntando con resolución a un techo encalado, jugando aún al malentendido, apalabrados para esperar sin protestas, sin comentarios ociosos, la hora en que los demás reconocerían su error para decidir, con pequeñas excusas, con frases negadoras del tiempo, con golpecitos cordiales, mandarlos de vuelta al mundo, al desamparo, a la querella, a la postergación. Imaginaba la lujuria furtiva, los reclamos del hombre, las negativas, los compromisos y las furias despiadadas de la muchacha, sus posturas empeñosas, masculinas.

Habían pasado muy pocos días de los seis o tres meses cuando, con la ayuda del más chico de los Levy, me puse a limpiar el almacén y adelantar el inventario. Entonces volví a ver, en el fondo del cajón de la correspondencia, debajo de la libreta negra de las cartas certificadas, los dos sobres con letra ancha y azul que no había querido entregar al hombre cuando llegaron, en el verano. No lo pensé mucho; me los puse en el bolsillo y aquella noche leí las cartas, solo, después de colgar las persianas. Una, la primera, no tenía importancia; hablaba del amor, de la separación, del sentido adivinado o impuesto a frases o actos pasados. Hablaba de intuiciones y descubrimientos, de sorpresas, de esperas largamente mantenidas. La segunda era distinta; el párrafo que cuenta decía: "Y qué puedo hacer yo, menos ahora que nunca, considerando que al fin y al cabo ella es tu sangre y quiere gastarse generosa su dinero para devolverte la salud. No me animaría a decir que es una intrusa porque bien mirado soy yo la que se interpone entre ustedes. Y no puedo creer que vos digas de corazón que tu hija es la intrusa siendo que yo poco te he dado y he sido más bien un estorbo".

Sentí vergüenza y rabia, mi piel fue vergüenza durante muchos minutos y dentro de ella crecían la rabia, la humillación, el viboreo de un pequeño orgullo atormentado. Pensé hacer unas cuantas cosas, trepar hasta el hotel, y contarlo a todo el mundo, burlarme de la gente de allá arriba como si yo lo hubiera sabido de siempre y me hubiera bastado mirar la mejilla o los ojos de la muchacha en la fiesta de fin de año —y ni siquiera eso: los guantes, la valija, su paciencia, su quietud— para no compartir la equivocación de los demás, para no ayudar con mi deseo, inconsciente, a la derrota y al agobio de la mujer que no los merecía; pensé trepar hasta el hotel y pasearme entre ellos sin decir una palabra de la historia, teniendo la carta en las manos o en un bolsillo. Pensé visitar el sanatorio, llevarles un paquete de frutas y sentarme junto a la cama para ver crecer la barba del hombre con una sonrisa amistosa, para suspirar en secreto, aliviado, cada vez que ella lo acariciara con timidez en mi presencia.

Pero toda mi excitación era absurda, más digna del enfermero que de mí. Porque, suponiendo que hubiera acertado al interpretar la carta, no importaba, en relación a lo esencial, el vínculo que unía a la muchacha con el hombre. Era una mujer, en todo caso; otra.

Lo único que hice fue quemar las cartas y tratar de olvidarme; y pude, finalmente, rehabilitarme con creces del fracaso, sólo ante mí, desdeñando la probabilidad de que me oyeran el enfermero, Gunz, el sargento y Andrade, descubriendo y cubriendo la cara del hombre, alzando los hombros, apartándome del cuerpo en la cama para ir hacia la galería de la casita de las portuguesas, hacia la mordiente noche helada, y diciendo en voz baja, con esforzada piedad, con desmayado desprecio, que al hombre no le quedaba otra cosa que la muerte y no había querido compartirla.

—¿Qué? —me preguntó el enfermero, respetuoso, inseguro, sujetando la excitación.

Salí afuera y me apoyé en la baranda de la galería, temblando de frío, mirando las luces del hotel. Me bastaba anteponer mi reciente descubrimiento al principio de la historia para que todo se hiciera sencillo y previsible. Me sentía lleno de poder, como si el hombre y la muchacha, y también la mujer grande y el niño, hubieran nacido de mi voluntad para vivir lo que yo había determinado. Estuve sonriendo mientras volvía a pensar esto, mientras aceptaba perdonar la avidez final del campeón de basketball. El aire olía a frío, y a seco, a ninguna planta.

Entré en la habitación y fui cruzando, lleno de bondad, el cuchicheo de los cuatro hombres. Recorrí con lentitud la casita, miré y rocé con la punta de los dedos estampas, carpetas, cortinas, almohadones, fundas, flores duras, lo que habían estado haciendo y dejaron allí las cuatro mujeres muertas, las fruslerías que crecieron de sus manos, entre maquinales y necios parloteos, presentimientos y rebeliones, consejos y recetas de cocina. Conté las agonías bajo el techo listado por vigas negras, nuevas, inútiles, usando los dedos por capricho. Pensé, distraído y sin respeto, en las virginidades de las tres hermanas y en la de su amiga, una mujer muy joven, rubia, gorda. En el cuarto del fondo descubrí un montón de diarios que no habían sido desplegados nunca, los que se hacía llevar con el peón del hotel; y, en la cocina, una fila de botellas de vino, nueve, sin abrir.

Regresé, paso a paso, a la habitación donde estaban el cuerpo y los demás.

—No tuvo paciencia, señora —explicaba Gunz a una mujer flaca, con la cabeza cubierta por un rebozo y afirmativa.

—Es así —dijo Andrade, adulador y triste.

El enfermero hablaba de procedimientos y remociones con el sargento; sonrió al verme entrar y quiso preguntar algo, pero yo me volví hacia los zapatos y los pantalones visibles del hombre muerto, hacia la forma incomprensible debajo de la sábana.

—Poca sangre, señora —informaba el enfermero, con un tono de interrogación dirigido a Gunz.

—La que le quedaba —bromeó el médico bostezando.

Yo miraba hacia la cama con todas mis fuerzas, creyendo posible averiguar por qué había pedido los diarios para no leerlos, por qué había comprado las botellas para no abrirlas, creyendo que me importaba saberlo.

—¿Qué le parece si le dejo el certificado? —preguntó Gunz.

—Como le parezca, doctor —cantó el sargento—. Pero si puede esperar un poquito...

Y ahí estaba, en el suelo, el revólver oscuro, corto, adecuado que él se había traído mezclado con la blancura de camisetas y pañuelos y que estuvo llevando, en el bolsillo o en la cintura, escondiéndolo con astucia y descaro, sabiendo que era a él mismo que ocultaba, plácido y fortalecido porque podía ocultarse como un objeto de una y de la otra, de lo infundado de sí mismo.

El sargento y Gunz habían salido a la galería a esperar al comisario; sólo llegaba el ruido lento de las palabras, la imagen de los hilos de vapor de sus bocas. A mis espaldas, alzándose del desconcierto, de la curiosidad, del miedo, la mujer flaca empezó a preguntar.

—¿No lo vio? —dijo feliz el enfermero—. Está natural. Más flaco, puede ser; más tranquilo. —Se detuvo y yo sé que me estaba mirando con angustia; repitió su historia suavemente, para que yo no volviera a oírla—. Estaba desahuciado aunque, claro, nunca se lo dijeron. Usted sabe cómo es. Hacía veinte días que estaban en el sanatorio y lo teníamos en quietud, con inyecciones. Un régimen muy severo. Ni peor ni mejor. Siempre contento, era un caballero. Estaba la muchacha con él. No sé, la señora, cuidándolo. Y esta mañana, cuando ella se despertó y el paciente no estaba en la habitación salimos a buscarlo por todo el sanatorio; después supimos que había bajado en la camioneta. El chofer está acostumbrado, gente que apenas puede andar y se le ocurre ir a dar una vuelta. No se puede, señora; así es en el sanatorio, libertad. Pero no volvió a aparecer, el chofer se cansó de esperarlo, y estábamos sin saber qué pensar hasta que Andrade, aquí, nos telefoneó.

—Es así, señora —confirmó Andrade; ahora yo estaba mirándolos, divertido, balanceándome para entrar en calor—. Me dijeron que lo habían visto entrar a mediodía, aunque él me devolvió las llaves, y no quise creerlo. Yo ni siquiera había venido para limpiar. Pero había una ventana con luz al caer el sol y me vine a golpear. Calcule, cuando abrí la puerta y entré. Tal vez se haya guardado una llave de la entrada por la cocina.

—Y todavía era joven, el pobre —dijo la mujer; trató de echarse a llorar.

El enfermero, Andrade y yo encogimos los hombros y escuchamos enseguida el motor del automóvil, deteniéndose. El sargento y Gunz caminaron por la galería, golpeando a cada paso, como a propósito, el silencio luminoso y frío, la dureza de la noche imparcial.

—El comisario —anunció con solemnidad el enfermero, y la vieja volvió a decir que sí, cabeceando.

Me senté en el diván, estremecido y en paz; preferí no moverme cuando entró la muchacha y fue recta hasta la cama, copió con increíble lentitud mi ademán de descubrir y cubrir.

El sargento y Gunz ocupaban la puerta, la vieja y el enfermero se adelgazaban contra la pared, Andrade retrocedió con la boina en la mano. Casi sin respirar, miré a la muchacha que inclinaba la cara sobre el conjunto inoportuno, airadamente horizontal, de zapatos, pantalones y sábana. Estuvo inmóvil, sin lágrimas, cejijunta, tardando en comprender lo que yo había descubierto meses atrás, la primera vez que el hombre entró en el almacén —no tenía más que eso y no quiso compartirlo—, decorosa, eterna, invencible, disponiéndose ya, sin presentirlo, para cualquier noche futura y violenta.

Índice

Biografía

Juan Carlos Onetti nació en Montevideo, Uruguay, en 1909. Vivió en esa ciudad y en Buenos Aires alternadamente, y pasó sus últimos años en Madrid. Onetti es autor de numerosos cuentos y novelas, y su búsqueda estética, entre la belleza formal y la desazón existencial, lo convierte en uno de los grandes narradores del siglo XX en lengua española.

Sus obras más importantes son *Tiempo de abrazar* (1940), *Tierra de nadie* (1941), *Para esta noche* (1943), *La vida breve* (1950), *Los adioses* (1953), *Para una tumba sin nombre* (1959), *El astillero* (1961), *Juntacadáveres* (1964), *Dejemos hablar al viento* (1979), *Cuando entonces* (1987) y *Cuando ya no importe* (1993).

En 1980 recibió el Premio Cervantes de Literatura. Murió en Madrid, en 1994.